U0354583

未 名 · 大 思 想 随 笔

时间中的苦索

诗人思想者史作柽系列

史作柽 著

北京大学出版社
PEKING UNIVERSITY PRESS

我要过最简单的生活，求最**高**的智慧与解决。生命只属于**童心成长后之终极**的感觉，只属于一刹那间，它更在于**时间**之外。

人如果根本没有思想，会落于无所把握与照应处

获得一切，即在失去自我；爱一切，却使你是一切

时间是延续，你爱，你就是一切

真正的我，便是世界之一体者

一切人类文化中的经典，是我的终极的路标与指引

有童心者必有艺术，有艺术者必有充实，充实者得安慰

总序

这次北京大学出版社出版我的著作，我当然非常惊喜，尤其是称我为诗人思想者，亦令我高兴不已。因为对我而言，哲学只是一种理论，而诗歌却是生命本身，所以我视诗歌之重要性，远甚于哲学要多，甚至在我七十岁时写的一首诗歌中，有以下两句：

> 哲学竟是我终生之枷锁，
> 七十岁的悲哀。

其实说起来，所谓哲学或理论，往往只不过是人类生命存在中之一种思考性之形式派生物而已。如果说，根本没有生命的存在，又哪里会有哲学或理论可言。同理，若没有彻底的生命，亦必无彻底的哲学。因之，尼采于19世纪末就主张超越苏格拉底。只是历史往前走，往往并不容我们对诗歌那样彻底原创性之生命有所执意的坚持与看顾。若就整个人类文明而言，它一直朝着追求精确表达之方向在迈进。所谓精确表达，就是一种工具性之技术操作。人类历史上，第一个发明之最重之表达工具就是文字（约纪元前两千年顷）。从此之后，一种原始自然美学性之神话、诗歌或生命很快已成为过去，哲学登临（约纪元前五百年顷），人类开始其第一次伟大的人文理论之时代，如孔子、苏格拉底、释迦牟尼均属此一时代之代表性人物。换言之，一种文字性人文理论或宗教已将原始自然美学性之神话、诗歌或生命代换。但曾几何时，至于文艺复兴末，一种比文字表达更形精确之纯符号表达之科学文明又将文字理论代换，而成为人类历史上前所未有之科学时代。至于19世纪，突飞猛进之科技发明，挟"实用"与"精确"之两大优势，几乎又将精确之"理论"

科学代换，而成为我们今日所遭遇武器竞争与大卖场挂帅之工商时代之文明。至于此地，人类历史上所曾有过之自然美学性彻底理想化之诗歌与生命真可以说是一败涂地，以至于其前所未有之低潮状况中。面对此情此景，又有所知于生命存在之实质意义，几乎整个人类文明发展之实际状况，果欲在生命与文明之间有所挽回、通达并有所前瞩之可能，毫无疑问就成为我哲学探讨之终生志愿。总其名曰：

哲学人类学式之形上美学之方法探究。

我二十三岁时确定方向并有志于此，至于五十七岁时方稍有成绩，此即我于美国哥伦比亚大学与印第安纳大学研究期间所完成之以下二书：《形上美学要义》、《文字解放之真义》。

其间近四十年，所经历有关形上学、知识论、科学、方法论，乃至神话、生命、艺术、社会与宗教之探讨及折磨于此无法一一，也许于北京大学出版社出版的这套《诗人思想者史作柽系列》中，可稍知其详。

我回到台湾后，又写了以下二书：《哲学、美学与生命之刻痕》、《中国哲学精神溯源》。届时已年逾六十，其后十年中，为21世纪人类理想文明之可能，又写二书:《21世纪人类宗教与文明新探》、《自然、本体与人类生殖器的故事》。

至今我已七十二岁，经其一生之所书，惟二事而已：诗歌、哲学。

哲学是为文明而写，诗歌却为生命而书。但如前所言：若无生命，文明亦必无所痕迹；若无彻底之生命，亦必无彻底之哲学可言。今后我若再有著述，其书名必为《诗中找回自己》。

此亦无他，文明与人类存在中所必有之现象，必也求其生命果能涵盖文明而无所失，并求今后生命更有所精确性之延伸与扩大，方为21世纪理想文明之奠基。

2005年4月23日

时 间 中 的 苦 索

导　读

二十四小时努力的哲学家

台湾辅仁大学
黄信二

我在加拿大多伦多大学东亚图书馆内眼睛一亮，发现在北美大学中竟然也收藏了数本史作柽的形上学巨著。再用 google 搜索引擎输入他的名著《三月的哲思》，发现全球所有的网站竟有约七千一百九十项符合查询结果。

为什么他能受到全球广大读者如此喜爱？以下的点滴也许可以窥见史先生魅力之一斑。

史作柽

诗人思想者

这次北京大学出版社出版我的著作，我当然非常惊喜，尤其是称我为诗人思想者，亦令我高兴不已。因为对我而言，哲学只是一种理论，而诗歌却是生命本身，所以我视诗歌之重要性，远甚于哲学要多……

恰如史先生所自述，他一生所书，惟诗歌、哲学二事而已。他认为哲学最重要的功能，即在说明与解读艺术，并且能作为说明的桥梁，会通宗教与科学；使此四大人类文明领域，能透过哲学之会通，使人获得正确与完整的理解，使人有较充分的可能通透文明，并设法使自身之灵魂成熟。他又认为在哲学之外，人应当再透过诗歌，使读者能聆听到原创者内心的诗与音符，最终能设法还原到人与自然的直接联系中。

学术轨迹

史作柽先生最特殊之处，就在于其博学与多能。

博学指其学说的广度，从科学、哲学、人类学、艺术，以至于宗教，皆有数十年深入与系统的探讨；同时，其作品皆属原创，而不只是文字的堆砌与整理。多能则表现在其集诗人、音乐家、画家与哲学家于一身，并还曾经尝试成为数学家。我们可以说他是一位终生做到孔子所言“敏而好学”之人。

史先生二十几岁时确立方向，志于哲学人类学式之形上美学之方法探究，以后近四十年，经过了有关形上学、知识论、科学、方法论，乃至神话、生命、艺术、社会与宗教的探讨，建构的形上美学体系，在2002年北京国际美学会议上受到与会人士的肯定。如再论及其理论的应用，四川的三星堆文物与陕西的秦兵马俑在台北展出时，史先生更是以人类文明的宏观视野，对这批古文物的意义加以分析，正确地诠释其于未来人类文明发展中的意义。

全史观的视野

史先生总是带着一种全史观的视野。例如一般作品皆必介绍孔子、苏格拉底、释迦牟尼与耶稣的生平，但几乎没有人关注为什么这样伟大的哲人皆出现在公元前五百年左右。这一人类事实提供了什么意义？而史先生作了解答：

人类历史上，第一个发明之最重之表达工具就是文字(约纪元前两千年顷)。从此之后，一种原始自然美学性之神话、诗歌或生命很快已成为过去，哲学登临(约纪元前五百年顷)，人类开始其第一次伟大的人文理论之时代，如孔子、苏格拉底、释迦牟尼均属此一时代之代表性人物。换言之，一种文字性人文理论或宗教已将原始自然美学性之神话、诗歌或生命代换。

“我是二十四小时努力的人。”史先生终生努力的事实，令我们这些学生感到汗颜。他对自己的作品有一种自信，但那是一种源自人类性的评价，绝非个人追求名利之想或轻狂。最后，我们以史先生的一句话共勉，来结束本文：

我们不能问人类完成的成果，我们只问人类努力的程度。凡是真正在努力的人，都是神圣的。工作是神圣的，努力更伟大，其他无物。

时 间 中 的 苦 索

目录

卷一　时间中的寻索

时间中的苦索

1

不要只看到我在放荡与狂奔，其实这绝不是一个生命悲剧之冒险的；但是当我又在聚精会神地感觉到了我自身的时刻，我也会这样想着：这会有错误吗？这会是茫然吗？其实我从不想在世界上捉到什么，或是使什么属于我的。我所有的一切，也只不过是一个心灵中极端的爱罢了。它要奔跑，它要给予，它要制造一切欢愉与行动，它只想到“要”，它不想到其他的一切。

抓到了感觉的日子，那仍只不过是一个纯粹的爱罢了。它不使我看到一件事物，而使我看到群体；它不使我感到我自己的存在，而使我感到我在一切之中。它不是一个不可知者，它却只在沉重地，像在堆砌一个默默的屋子。但是一下子它又会随时奔放成了那满天星斗之夜之天，好凉哟!血液舒展地下降着,心静静地甜呀!这又是一次爱的感觉,它使我感到了生命放射的感觉。

感觉使我强劲,鲜红色充满了血液的身躯。

感觉使我懒散,像微风中正在摇曳的花朵。

这都是一种爱。生命像一根极具弹性的带子,它伸出去,又回顾着弹了回来。窗外的阳光是一个无声而带影子的朋友,不碰它,只感到它是热热的,和它一起它就烧你的身体。心里烦烦的,是要艾怨它的照射的,可是出了汗,走在山路上,潮湿的皮肤下那光润之肌肉的感觉呀! 它是有弹性的,它是在造成另一种生命中不可知的跃跃之爱的感觉。

2

从前我只有一个我。那生命的调子,不是弄得太紧就是弄得太松;死与活之间,那都是一种虚假与被役。

如今我不是了,我不再是一个我,我是两个我,或无数个我。感觉不再是胶着在一点上的,它伸一伸,缩一缩,我在感觉,我更在感到我在感觉,以是我延伸了我的感觉,甚至我也更能变换我的感觉了。这样,从一个感觉到一个感

觉，或是又从一个感觉到无数个感觉——它们是无数个感觉，却又像是只有一个感觉。那不是别的，而只是“我在活”。

像在一个屋中而凝视着的空漠，要使人睆视了两眼而兴起了“活”的感觉的。活，这是我，而又不是一个我之延伸的感觉，更像是一个自由可展现一切可能性的空无。一个人独自而默默时仍旧是爱呀！像等待一个爆跳之狂欢之节日的到来，但是它却又丝毫都没有半点急迫与不耐。我，这是这一刻中的我，我看到时间默默地从我的面前穿梭而过。

我不分辨感觉，我要一切感觉，我不停止在一个点上，而一切感觉却又都在一个中心的点上无限地环绕，甚至它更展现成了生命中的一切层次与那一个存在之根源的感觉。“要”、“爱”、“活”默默中和欢乐中一样，一样。

如今我自由了，我不再有一切。一切只是感觉，一切只是有。人只要真正有了感觉，他便成了一个永不再被任何事务所役使着的自由者。

看着灯罩上的那一种蓝色，很久很久，很久很久，还是只有一刹那？再看一看屋中的每一点空间中的颜色，突然间我就想到了，我本不必拿工作来束缚我自身的呀！我更不必拿一切规律来束缚我。如今我有感觉了，我已是我，从前我简直只是在我的外面而绕圈子呀！画上了一个个彩色的圆圈，我却仍不是我。

不要给我讲知识，不要给我讲那些规律的事，而只让我再看着灯罩上的那一点蓝色，你说这会是空的吗？但是我却要费了很大的力气才找到了它的。这一切是不能说的，不能说的，在我通过了那一切可言说的世界之后，且再自由着吧！因为我只想从我更真实之属于自身的感觉中去达成一切。

我只喜欢从一个新的空无到另一种新的有，却不要让我从空无再回到那一个本来的有中去。

我不要一切思想后之感觉物，我只要一切思想前之更纯粹的感觉与存在，它可不是一切，它却是一切的可能性。

我不要生命所完成的东西，我只要生命自体。

我不要我所爱的东西，我只要爱的自体。

一切属于自体的东西，都必是真实俱在而空无的，但是那就是一切真正的根源。

空无、空无，一切起自于思想的东西，原来却只是那一个真实俱在的空无罢了，但是它却给了我那一个"我"属于自身的感觉。

我不想获得一切，我只能获得我心中要的感觉。

获得一切，即在失去自我；爱一切，却使你是一切。

这一切不可捉摸的谜，恰正在“有”、“无”之间。

3

真正存在于一切思想外之瞬间纯粹而自由的感觉，都在使你超越于一切形象世界中的事物，而感到了那种被内在于一切形象世界中深厚力量之对于你的吸收。吸收、吸收——这强力的吸收，这无声的吸收，默默而震撼，它会使你发呆般地走进那个具有了真正深厚质量感之具体的世界中去。在这儿，一切形象的事物都消失了它原本的意义，但是它却在那种瞬间质量世界的力量间，被吸收为一更具有统摄能力之整体结构的世界。

全体是不能设想的，它只能由宇宙内部之质量的摄力放射而成。

这里是一个桌子，通过这一个空间再到那一个空间。然后小空间再超过小形象，而一直联结到那一个超越之大空间的大形象中去。

那里是一个窗户，这一个屋宇的眼睛，它使你看到天空、树与一个可被设想之广大而伸展的世界。但是这一切都不具有感觉，因为它们只是形象，只是思想，只是空间，只具有有限的延长，同时它更一定要设想有每两个点、两个事物、两点时间、两种世界，才得以完成的。但是相反，那真正使这一切具有了两个极端而形成一个世界的力量，却只是那个不可见、不可想、不可说、不可知，却可以感觉到之宇宙内在摄力之膨胀而成。

那只是一种感觉、一种存在、一种力量，也就是真正的时间。它不是靠了什么而存在的，它却在构成一切全体概念中之部分的"知"。它就是统整，它是纯粹，是真正的感觉，也是不借思想而成立的感觉。它在思想的时空之外，它却是使一切思想中物得以成立之存在的真实。有它，我们并不一定会自觉着它；但是没有了它，我们却只会上了思想的当而不自知。而思想本身并不是一个存在的东西，它只是由存在所产生之两点间撞击的象征，而两点间的撞击本在于使人透见整体之空无中之有的，所以假如人不会在撞击事物之思想中，自觉于感觉纯粹的自我，那么思想也只不过是一个使生命坠入于黑暗无主中去的累赘物罢了。

我们一定会碰到事物的，我们一定会碰到事物的。看到了静静的一个桌子，会使我要问："那就是吗？"碰到了情感之激动的不可解，更会让我问："生命就是在那个不可知的地方斗争着吗?"这一切的一切，根本就不是一切，它只不过在使我将它们吸引，而回归到那一个自觉之自我的点

上，然后再在思想的撞击之外达到感觉，并从存在之空无的自体上，而将我的自体吸收以存在于宇宙之中去的。于是从这里，一切又回归到那一个整统之存在实质的点上了，感觉存在了，冲突消失，放射开始，这样宇宙也就在它的完成中而存在着。

宇宙、宇宙，它到底是什么？那只不过是一个急剧地向外放射，同时又急剧地向内回归的弹性作用体罢了。而此一放射与回归之过程与象征，便是我们的思想。

冲突越大，离存在的宇宙越远；离存在的宇宙越远，便越能造成空间的紧迫与回归力量的增加。冲突越小，回归于感觉世界的力量也越弱，同样它造成的错误也越少。

但是这个放射一切而又吸收一切之宇宙存在之点，并不是一个固定物；相反，它却要以瞬间的时间，创生为无数个丝毫不能分割之连续放射并回归的中心体，并借此以增加它自身的力量，使每一个瞬间点的弹性作用无休止地进行下去。

思想永远在外头，存在永远在里头，思想永远要把人向外拉，存在永远要将人吸收而回归。但是思想并不是存在的对立物，相反，它却正是象征存在在存在的一个最实际的效应物。

4

现在想起来,从前我写东西,总像是讲给人家听的;如今我不是了,因为现在我知道我的一切语言,只应该是呈现我自身之真实的,而除此以外的一切,都必是次要的。这就像花是花、树是树、山是山、风是风一样,它们在那里,我就应该以它们而看它们,却不应该以我而看一切的。

如今我只要一切真正属于我的感觉,而它却必是超越于思想、时间之外之纯粹的存在者。所以说,在世界上,一切真正的感觉,又哪里会不是自我被存在自体吸收后而获致了的呢!很多年来,我已不再写他人了,我只想写我自己。但是在一开始时,我仍只能写一些因为他物所引致于我的一些反响,却仍未能使我写出那属于物的身体,或纯粹属于我自体的存在来。所以那时我所写的只是些感发、触及与联想,却不是那一个纯粹以我写中心之自我的感觉体。那时虽然我也已有了某种情感上的陶醉与满足,但是实际上,我却又总觉得像少了些什么似的,其实这也并不是因为别的,而只不过是因为我仍在我的外面绕圈子罢

了。因为真正的我,绝不在于外物之上,更不在于我对于外物的感发当中;相反,它却只在于有我而不是我之回归于存在自体的真实,或被存在自体所吸收后之纯粹的感觉。

我活着,我只不过是一个"我"的追逐者罢了。而这一个"我"的追逐,正是在从一切外现的吸收中,去寻回那一个真正可被我所属于并把握着的东西罢了。

我爱着,我便在寻找偶像。偶像是不能属于我的,于是我痛苦,但是痛苦本身便是一面回归于自我之追求的镜子。

我想到昨日的欢乐,可是今天它已不再有了。我痛苦,那也同样是一面向我之回归的镜子。

我看到一个广大的自然世界,它吸引我。我快乐,那仍旧是一面向自我存在之追求的镜子。

一切只是感觉,一切在造成一种紧张,一切紧张在造成向存在之自我的回归;而思想只不过是那一切瞬时感觉的记忆物罢了。

一切在瞬间,一切是契机,一切都由思想而得以呈现,一切在造成存在之真实的到达。所不同者,那只不过要看你如何去处理这些题旨罢了。

所有的人碰到的事统统是一样的。只是有人知道如何去饱餐它并营养了自身,有人却只在捉弄它,而最后反被它所捉弄罢了。

“爱”使我所知道的，只是那一个真正属于我之“爱”的感觉，而不是那个爱与被爱的目的。

昨日之欢乐的记忆，在使我知道如何抛弃一切不必要的迷惘，并在错误的时间中来逼现一切真正的现在。

自然对我的吸引，更使我知道如何在一广大的世界中，使自身被存在所吸收，却不去设法通过思想以捉弄了存在的真实的。

我在追逐我。于追逐中，到处都在形成我之存在的象征，但是当我一旦又追逐到了我时，我却又即刻被吸收成完全不是我的样子了。

我终于得到一些什么了。

风吹我，日晒我。它美，它令人惊奇，但是我却再也不会写那些灵感激越的话语了。如今我所知道的，只是我坐在那里，良久良久，轻轻，深深，同时我也终于更知道了什么是给风吹着皮肤的感觉，什么是给阳光晒出了影子的感觉了。

那到底是什么？

它使我知道宇宙中有我，但是这一个我，却又必是与宇宙中每一个细胞同生共存的同体者罢了。这里有一个大

体的存在，而这个大体的存在，即在于丰富地呈现一切真实的感觉。于是感觉中有我，而我，也只不过是宇宙生命中的一个细胞的自觉者罢了。

5

只要我一个人是真正安心而默默着的，即刻我便有了被吸收的感觉。从前我也未尝不曾有过在林阴中散步时，那种真实和足以引导了一切充实感觉的心情，但是那时我却只是那么急迫地想去抓住那一个属于我的感觉罢了。这样一来，不但只使我感觉到我感到如此了，同时也更使我感到，在这世界上似乎真有一个可被我捉到而又可属于我的东西存在着一样。

如今我不是了，因为我已知道，我之所以会感觉，那根本不是由于"我"的关系，而由此之所以会导引我要它属于我。却完全是因为"我"的关系。所以说，现在当我又在林阴中散步的时候，我只在使我达到那一个默默中而被吸收的世界中去，却不再是非使我是"我"不行了。

在那里没有我，没有一切，却只有一个真实而属于真实的感觉。其实这个感觉也并不是别的，那便是消除了一切思想之急迫后之真正的自由与宇宙自体之根源的存在罢了。

自由,自由是什么?它只不过属于真实而存在的感觉罢了。

感觉,感觉又是什么?

它在消除一切不必要的思想,同时它又在吸收一切思想的成果,它在破除一切思想中虚假的时间,同时它又在吸收一切时间而逼现出那真正存在着的时间来。那是我,也是感觉,它笼罩一切,它产生所有。人必须要不时地归还于他属于他自身的感觉之中,才不致徘徊于思想之中而无以自拔。人必须要回归于他真实的感觉,才能自由地在真正时间的延续中吸收一切,并创造所有。

我,活在瞬时的时间之中,我不受思想之时间的束缚,我是自由者。

我怎么也不能容忍是我而又不是我, 有我而又没有我。因为我不肯使自己踏入矛盾与空虚而无以自拔,所以我必须要来到这里。

人所能做到的,也只不过是在呈现自身罢了,但是这却必须是一个真实而纯粹感觉中的自己。

6

第一个出现在人之生活中的感觉是什么?

它是恐惧。

而恐惧又是什么?

那便是使人觉得是你而又不是你的矛盾与焦虑。

在恐惧以前，人一直都活在无自觉的连锁反应中,但是反应并不等于感觉,感觉只是纯粹在于自身而不涉及于任何其他固定物象的真实存在物。它可由他物象而引起,但是它却只属于纯粹之“我”的自体。

恐惧之产生是由于对自身存在于虚假中之不耐烦而来。而对自身存在之不耐烦是由于自身逸出于矛盾与痛苦,并能重新看矛盾与痛苦而来。痛苦与矛盾更是由于人在思想中所必产生之存在与时间的矛盾与倒置而来。这一切根本是一个存在与时间的问题，而且这一切存在的层次,更必须是由于存在之超越的跳跃性而来。

只要我一想,我不是在过去,就是在将来。因为一切思想中物,不是对于过去的记忆,就是根据记忆而对将来所作的推想。再者,一切可使你想的东西,永远都不可能是瞬时的现在,因为只要你一想,那么现在不是溜向记忆的过去,就是奔向推论的将来去;而一切真正能保留在现在的,它必定不可能是思想,而是那个使现在的自我可思想着的真正存在的瞬时感觉。它是时间之真正的形成者与代表者,但是它却不是那个思想中片面时间的相对物。

但是尽管我们可以说,那个导引了思想的,只应该是属于现在之一瞬间的感觉,而实际上当人一旦在思想中时,即刻便开始离于自身之现实存在,而溜向非现在真正时间之思想的片面中去。思想本不足以为害,因为只有它才能验证存在与存在的时间,但是一切一旦失去了真正存在时间的思想,却必使人陷于不可自解的自身存在的矛盾与焦虑之中。

假如人只在思想中,不是存在于矛盾与混乱中,便是将自身造成为近于机械而不再有真实感觉的反应之中。反之,假如人不将自身被局限于思想之中,那么人即刻便以思想为苦,但是这时我们却仍旧不知道这一切到底是为了什么。

痛苦、痛苦,焦虑、焦虑,想、想、想,有时它会使你陷于枯竭,甚或是令生命死亡,同时从这儿我更得知了一切弱者的生命是不足以抵挡由自身的思想所引致的痛苦与无以自解的。

有的人从此开始逃避,以颓废生命或麻醉生命,或逃避一切无以自解。有的人不是,他会突然间对这种掠夺了自我之整体生命的思想,开始觉得令人不耐。这是一种自觉于自身者,而不是自身之被剥夺者,而一切使痛苦、矛盾与死亡连在一起的人,那只不过是一些自役之不自知者罢了。

于是从这里,人开始看到自身所陷入的痛苦。但是看到自身痛苦也可以有两种可能:它可以使人以美感而陶醉自己,这是诗;它也可以使人提升到对痛苦感到不耐烦的领域,以另寻出路,这便是宗教、伦理或哲学。

不耐烦存在了,于是人便可以于突然间发现人之所以会痛苦,那只不过是因为人在自造思想世界,扭曲了那自然延续之感觉时间的曲度,而使你明明是一个现在的你,却又不能做一个属于现在的你罢了。啊呀,原来自身的一切竟使自身弄到那般不可思议之荒谬的地步了呀!是我而又不是我,在这里而又不在这里,是现在而又不是现在,这怎么办?这怎么办?这真令人恐惧!恐惧,恐惧,它本是那个生命的落空中,而又要急迫地去追求生命的感觉呀!

恐惧来临了,它是人的存在中的一个最强烈的打击。它不但在发现自身的荒谬,同时它也在使人感到了那一个在人的存在中,第一次最大之对自身的感觉。

于是从这儿一跳，我们才知道，这一切的形成无非是由于存在时间之被歪曲。而时间之所以会歪曲，那便是由于那一个将自身抛出去而不再是自身的思想。

好了，停止那思想的时间，而将自身完全陷于那现在瞬时纯粹在整体自我中的时间之中。从这里我才发现，人本不应该只是去想着自身如何如何的，却应该在人还没有被置于这歪曲之思想的时间中以前，就应该马上问你自己，我怎么办？赶快问怎么办！

因为世界上只有那延续时间中之瞬时的感觉与行动，才是具有真正存在意义的，而思想却只是在通过空无验证存在，以逼现时间真实延续体之作用物罢了。

7

存在根本是以跳跃性而存在着的，它绝不是一个思想中的推理过程。

从空无的存在到思想是一种跳跃，从思想再陷于自我存在之矛盾与痛苦也是一种跳跃。从思想中的矛盾与痛苦，到对于自身痛苦之重现中的不耐烦是一种跳跃，从对自身之矛盾与痛苦的不耐烦，而到被逼现之瞬间延续

的存在时间也是一种跳跃。同样的,从不耐烦到恐惧是一种跳跃,从恐惧到真正的自身存在的感觉也是一种跳跃。

而每一次的跳跃,都在呈现一种存在的新世界,每一层存在的新世界,都在呈现一种存在之弹性的作用力,然后再使你归返到你自身之真正的存在,或从自身之真正存在的发现中,再被宇宙的存在而吸收为一个宇宙的同体存在者。

这一个自我存在之整体的过程,可于一瞬间完成,也可于一件事情上完成,同样也可于长时间内完成。有人痛苦的时间长,也有人不耐烦之空虚的时间长,或恐惧的时间长,但是一切由思想所引发的时间,比起真正存在的时间来,简直可视为无物,所以说年龄的时间并不是衡量自我存在之成长的标准。

空无是一个真正的起始,思想是一个过程,回归是真正的路,所以存在便是以放射与回归而呈现着的运作体。而过程中的痛苦就是一种刺激,不耐烦就是一种空虚;恐惧是一种存在的命定,存在便是一个真正宇宙的起始。所以说,存在是以弹性的思想作用而回归的,同样它也是一个放射与回归之整体的活动体。甚至于存在之每一次的回归,都在提升一次存在的层次,而存在之层次与层次之间,也一样是以其跳跃的活动性而存在着的。因为存在并不是说理，存在只在时间的延续之内，但是时间的延续，并不等于原因与结果的形式；相反，我们却只有将一切原因结果之思想的知识浓缩而回归，以见其为逼证存在与时间存在之可能性罢了。

存在的放射在造成思想，而放射更在说明着存在之运动的可能，所以说，回归便是存在之弹性作用之运动的必然。生命的意义，即在于不断的回归中而得以提升，而提升即在于减少其思想的束缚与障碍，并将思想吸收，以达到更能利用思想，而不为思想所误之存在的领域中去。

所以说，离开存在愈远，回归的力量应该愈大，其成功也愈大。离存在愈近，其弹性愈小，其成功也可能愈小。思想的意义，即在于使人能利用思想，这一如人在空虚之不耐烦中，而要能利用不耐烦是一样的。反之，人便只有成为一个任意的反应者，而非一真正感觉自身而去完成自身之存在体了。一切不怕错误，而只怕不能回归，当然人在存在自体之究极点上，也就无所谓成功不成功了，那便是绝对的自由，那也就是创造与永远的新生。

思想是思想，但是讨论思想与表达思想的，仍旧是思想。而人如果根本没有思想，却又会落于无所把握与照应

处。所以人就要将有思想,而又能将思想达到最熟练而无障碍处,也就可以以最少成分的思想而生活于更纯粹的感觉中了。

8

真正的感觉,也就是将人从错误而虚伪之思想的时间中,而逼现于瞬时之现实的存在之内。而一切真实之现在的存在, 便已超越于一切虚伪思想之相对时间之衡量,以为时间自体之延续。所谓瞬时那只不过是相对于思想而言的;相反的,如果只以时间自体而言,则没有过去、现在与未来,而只有延续、自然与必然。同样也只有在思想中,人才会拿一切过去、现在或未来之空有的形式时间来比较,以造成存在的落空,其实在那里却不是真正的过去,不是真正的现在,同样也不是真正的未来。甚至一切思想中的现在,都只不过是过去与未来之虚假的集合体罢了。而真正的时间,即在使过去成为真正的过去,使现在成为真正的现在,使未来成为真正的未来。它即不以任何形式而浸越于任何他在的时间之中,它更不会以任何虚假而造成存在上的落空。这样一来,过去是过去,这便是延续;现在是现在，它仍是延续；未来是未来，它仍旧是延续。而延续便是存在自体之本然的根本性质，它是存在，它也是一切，它创造一切，但是它却不囿于所有，它是真正自由而富于弹性的自由体，它更在于思想之外。

我们本不必排斥思想，只要我们不被思想所囿，则立刻思想便自能照见存在，并验证了存在的。同样，存在更不是一个任意体；相反，存在之真正的把握，却必由虚假之思想的时间而逼现为瞬时的现实时间而后起。因为存在本在于思想之外，它是被感觉着而存在的，却不是靠任何理论的推演而能有所获得的。

真正存在的便是时间，真正存在的时间便是延续，真正的延续便是超出一切形式之外的纯粹。它不是相对，不是比较，不是颠倒，不是一切。它只是它，它便是一切；它只是它，它便是存在。你只是你，你便有新的创生。

在思想中，我永远都不是我，因为那不是纯粹。

思想只不过是一层存在最外在的一个表层罢了。我要设法冲破它，然后才得以将我自己挖深，以见到我在时间中之真实的存在。

在那里，我捉到了一个感觉，甚至它都不是我感觉“我”，而只是感觉。那是一个属于纯粹的东西。有了它，我便不在一切思想的迷惘之中，于是我开始活着。

时 间 中 的 苦 索

活就是感觉，感觉就是延续。它是时间，它也就是存在。

最后我终于又钻到那一个尽底里去了，是那一个纯粹感觉之存在的领域，甚至我也不再是我了，我便成了宇宙间的一个浑然一体的东西。在那里，一切事物在吸收、在影射、在回荡、在存在，同时也在永无休止地存在着。甚至最后它也终于形成了一切本质存在之自然的连续体，然后它们活，它们存在，它们延续，它们更在时间之中。

于是我从一切思想之死中重新活了过来，当我一旦又在时间之中了，于是我便可以重新创生地活在我纯粹的感觉之内了。但是第一个出现在我新生命中的感觉，却是“惊奇”与“爱”。

我感觉，我爱，我爱“我爱”。因为世界上真正属于我的，只是“感觉”，所以我只有“我爱”而没有一切，不是物象，也不是目的。在爱中，亦在那纯粹之内，我成为一个真正的自由者。

只要在爱中，一切都成为一体的存在者了，本质在吸收本质，存在在吸收存在，延续在接成延续，纯粹在蕴涵纯粹，只要是真正爱了的，他便必将获致了世界上存在的一切，因为你不在一切属于思想的表层之中，你却在一切存在之深极的时间之内。时间是延续，你爱，你就是一切。好自由、快乐而恬静的日子呀！

感觉者、存在者——你便是真正的被解放者。

你是你，你便是自由者。

束缚使你老是寄足并被牵累于他物之上，而你不是你，这便是最使人痛苦而焦虑的事。

9

今日我怎么又写了诗的？

这是一个永远不需要回答的问题，

但是它需要被问。

那边将千斤的光推移过来，

这边又将万斤的风运送过去，

阳光在发射，阳光在发射，

宇宙永远都是这样默默而存在着的。

话说不尽它，浪推不出它，

它仍旧只是那样子——

千斤的光推移过来，

万斤的风运送过去，

阳光在发射,阳光在发射,

宇宙就是这样默默而存在着的。

我已在这里,我已在这里,

这百合花齐放的日子,

大地将它们拥将了出来,

要吸收我整个血液的摄力,

于是我伸给它一双感觉之手,

一下子时间就流荡了过去,

花,花,花,花,

大地与血液,

一切都得以重合了,一切都得以重合了,

在这百合花齐唱的日子里,

我终于得以透见了那一颗宇宙中之里面的种子。

10

在山上,

风和风吹来吹去,

它们终于都融合在一起了。

那都是细胞，我，

弹性地要做那一个延续的点；

放射呀，并吸收一切，

却不想到所有。

感觉解放的日子到了，

可有了千万斤广大的摄力吧！

它吸过来，我吸过去，

一切是放射的光，一切是放射的光，

我终于真的自由了，

就在那挖深到本质之感觉的世界之中。

11

今日我仍要重复那事，是那个使人焦虑不堪的事。

“是我而又不是我”，这真令我焦虑不堪呀！

今日我急急忙忙地又跑到山上来，只为了离开日间事务的烦躁，而开始面对生命的焦虑。

恐慌与不安，它又强烈地把我拉向了自我的面对中来，但是影子与渴求却又强烈地要把我从我自身而拉开。

时间中的苦索

一切都在紧张之中，我也终于掉在那恐慌的不可知里。

我困惑着，这迷梦般的陷入，它几乎都不准我有吸收自身之时间的。

离开它，离开它，去寻找那一刻真正寻求着我自身之焦虑的时刻。

山上无人了，是我而又不是我，焦虑，焦虑，如今我已成了 Giacometi 刀下的那一个被挖满了洞穴的雕像。就是那个感觉，就是那个感觉，皮肤与肌血都像被烧焦了般地向内在收缩。人都不成形了，收缩，收缩，被烧着的焦虑，一个烦躁在撕去我一块肌肉，一个思想在夺去我一块骨头。人都快成了那一个烧焦之影子般的躯体了，等着，等着，再接上时间，再接上时间，它要把一切再浓缩着而凝成了那一个存在之吸收的力量。

昨天我还在想的，怎么 Giacometi 的灵魂要那般地被灼焦呀！存在该是一个放射并吸收的光润体呀，今日我却又已从焦虑中经过。走着、走着，等着、等着，我在寻求，我在设法忘却，因为只有吸收才是真正的忘却，而焦虑更给我搭成了一个桥梁，叫我终于又回到这一个自我面对的世界中来。

吸收、吸收，把白日中的一切吸收掉，我就能将一切浓缩成由我而面对我的自身存在了。然后我再将我自身的一切吸收掉，我就能再将自身浓缩而成为宇宙间存在着的那一个富于弹性生机之细胞之点了。

吸收、吸收，这是生命中最微妙的时间，而焦虑便是你对生命之真实的面对。真正的我，即在于吸收一切；真正的宇宙，又自能将我而吸收。

好了，好了，一切又得以回归了。自那一个宇宙间属于空无之一体的东西，递出我的眼睛去，我竟真的又可以来面对着我自己与属于我自己的一切了。

一切终于又“有”，一切终于又“是”了。

无限地吸收，无限地吸收。重新再叫时间从这儿经过，我在微笑着面对那生长在我面前的一片绿色之草。

12

今天我喜欢再讲那一个感觉与自由的问题。我想：

人为什么一定要活在从这一点而关联到那一点之思想中不成呢？

思想，它不是属于过去，就是属于不可知的未来，它不再重复记忆，就在形成推论，它告诉我们一大堆生活的材料，但是它却永不当是我存在中行动的束缚者，因为它不

属于纯粹而自由的现在与瞬间。

本来存在是于一刹那间由空无到一切点的，它更要在真实的时间中，纯粹而自然地延续而成一切。所以说，存在的时间是不受一切相对形式的束缚而论断着的时间，甚至于它更不是借一切业已“不存在于现在中之过去与未来混乱且毫无条理并存之思想的时间”而存在的时间；相反，它只属于纯粹，同时那也就是它只是它的存在。在本质上它是延续，在形式上它便是真正时间中的现在，它是真正的瞬间，同时它更超出于思想之外。它是超出于思想世界之感觉的实际存在，同时它也就是不在一切相对形式思想束缚之外的自由领域。

我们当求存在于时间中之纯粹感觉的延续，那便是在每一件事务中去寻求属于我们自身的感觉，然后触及纯粹，进入时间，延成存在，使它吸收我，我吸收它，以至于存在将你吸收并放射，同时你也达到在一切存在层次中之行动与生活。

真正的感觉永不受束缚，因为它在于存在的时间之内。而一切受束缚者，已不再是感觉，那是什么？它不是别的，而是我们的思想。

13

今日在山的行游中，我又在想那一个存在与感觉自由之瞬间的问题。我想：

人在思想中是没有真正时间存在的，因为在思想中，只是相对、关系、对比，却不是存在的真实。真正的时间是存在的延续，而思想却使存在之真实的时间落空，而趋向于存在的虚假之中。同时也正因为思想的这种性质，所以在思想中永远都不可能有瞬间的存在，因为瞬时是纯粹，是这一点就是这一点的时间，却不是任何两点之间者，它也是存在时间之设想中，极端浓缩的最小单位，它是真正的现在与延续。

思想，虽然在形式上可以象征现在，但是它却永远都不是真正的现在。因为真正的现在，必定是将思想中一切相对杂乱之时间的点排除了，然后才得以将属于现在的时间逼迫了出来。其实这个属于真正现在的点，就是使存在得以延续的东西，这也不是别的，它便是真正存在之时间的瞬间。

所以说，真正的瞬间必在思想之外，它也是真正的现

在。因为真正的存在不在于过去，也不在于未来，而只在于现实的瞬间之中。但是它不是停留，不是固定，它是使存在真正成为可能的东西，那便是延续。而思想却永远只在于不完整存在的两点之间，它永远都不可能有瞬间。

思想永远使人焦虑而干枯，瞬间却永远在使人在富于放射与吸收的弹性中而生活起来。

瞬间永远在于思想之外，但是它却从思想的焦虑中被逼现而来。时间也往往并不是生而在我们的知识中的；相反，人如果不通过思想的形式层次，我们也往往不能将思想穿透并透视出存在的时间来。而思想本身便是时间之平面剖析的一个设想物，其实这也不是别的，那便是空间。

存在是时间，思想是空间，时间是运动，而空间便是对运动停止设想中的一种人对其存在自体的反省。

14

昨天在四小时的山游中，我曾思考了一个瞬间的问题。可是今日我又在想，存在的瞬间又是如何而完成了的呢？这就该是那一个存在与孤独的问题了吧！好，今天我就来写它。

思想不是存在自体，却可当做存在的象征来看；思想中的时间并非时间自体，但可当做时间之可能性看。而瞬间便是将一切思想中的时间吸收，浓缩成一个基础的中心点。它在思想之外，所以它只属于感觉，而感觉的意义，亦即将思想本身吸收所必形成之存在的中心点，然后感觉才得以延续，人才得以存在。

其实思想本身是不存在的，思想所说明的只不过是一种人与事物间形式的象征关系罢了。同样，时间本身也只是存在自体的说明物，这样思想与时间相对，世界上个别的事物与存在自体相对。它们之间只是概念解释与说明上层次之不同，其根源却只有一个，那便是存在。

存在是一切的根源，一切是存在的放射物，所以存在之得以存在，不存在于存在不自觉中之被役；相反，却在于存在在放射中之无休止之吸收与回归的作用中而得以完成。如以人来说，我们会发现存在之所以得以吸收一切，或一切被存在吸收，这并不在于其他，而只在于使人是属于他自身之存在的孤独，或存在之瞬间自由的感觉。

因为在一切现实的行动中，那都只是些自然的反应。相反地，却只有在存在的孤独中，人才能将行动的事件制造成思想的空间，然后由思想的回归再达成感觉的时间，最后以至于人与存在而缝合，并在存在瞬间之运动与惊奇

中而生活。

但是到底什么才是孤独呢?

孤独,它便是一切存在层次中之空间隔离的制造者,而空间便是思想,所以借着隔离人才能真正通过了无数个层次的我,而看清楚一切。同时也只有借着隔离,人才得以顺着存在放射的层次而回归到存在之中。孤独,便是脱于一切思想形式,以使我而看我,使我而穿透一切,同时并以一赤裸裸的感觉体,而直接使自身而去面对宇宙自体存在的世界。

孤独,它是一层真正升华的世界,它在真正使我而是我,同时也就是自我之被存在而吸收的纯粹领域。

15

在现实世界中,每一种认知上事务的遭遇,都在构成一种存在的放射。而每一个存在的放射,在形式的认知背后,都在形成一种存在之紧张的感觉。而每一种存在之紧张的感觉,都在由于存在的外向扩展,而易于形成一种似失去了一部分自体般之非原本之自由而完满之弹性体。换句话说,存在本是周体统摄化一而存在着的,但是由于认知之对立概念的完成，往往会形成一忘却了原本存在统体之真实情况，而流于分立世界之特别注重了概念一方面之片面的存在，同时这也就是人在放射中，而从事于一切片面思想的独断，以至于在连锁反应中而失去了自身感觉与瞬间可能的结果。否则我们必将发现每一次放射，就必形成一次回归，而其回归的极致，即在造成吸收与瞬时存在的可能。而一切瞬时的存在，便是你是你，却不是任何物，更不在任何趋向于一切片面存在的紧张之中，这也就是真正的孤独。

所以说，由现实的紧张中追问于孤独，即在使放射的存在而回归，同时更使自身还原于自身的存在之中，甚至于也只有孤独才能在现实空间之隔离中，而制造出存在空间来。

但是现实空间与存在空间又有什么不同呢？

16

假如说人只在感觉，那么感觉只在于瞬时，而瞬时即延续与自由，这便毫无痛苦与焦虑之可言。但是每一种感觉在人的存在中，又必再次而放射为一种记忆，而记忆的

放射与联结便形成思想。所以说真正使人追逐自身而陷于孤独之吸收的,仍不在于紧张与感觉;相反,那却在紧随感觉之后,所必形成之再次放射之思想的完成。因为只有思想才造成真正自身的消失与焦虑,只有思想才造成人在回忆中之现实时间连锁而存在之空间领域。

空间是什么?

那便是时间之停止的设想。

相对于存在自体来说,思想本身便是存在时间之停止的设想,但是存在不止,思想亦以存在之放射的关系而成为不止者,但是由每一个固定事务之记忆,所形成之概念与概念联结的思想,却是将存在的感觉在存在时间之停止的设想中,所形成之平面的空间领域。换句话说,所谓现实空间,实际上亦即思想之存在领域。而存在的空间呢?那便是呈现为你是你之感觉与孤独的空间领域。

宇宙中一切事物必以思想的形式而呈现,所以有思想"思想"的思想,亦有思想"感觉"的思想,而思想本身便是时间之停止的设想。这不是别的,这便是空间。

但是在另一方面来说,存在与思想既有不可分的关系,那么其间之根本结构到底又是如何呢?那便是:

存在(统摄一切之感觉的纯粹者)$\underset{\text{回归}}{\overset{\text{放射}}{\rightleftarrows}}$特殊感觉(个别

的际遇）$\xrightleftharpoons[\text{回归}]{\text{放射}}$ 思想（一切记忆中之概念的联结）$\xrightleftharpoons[\text{回归}]{\text{放射}}$ 判断的知识（存在之形式象征）

但是像这种存在之放射系统，往往不能加以固定而直接地划分，所以为了方便的必要，我们将此一存在放射系统而划分为两层明晰之空间领域，那便是现实的空间与存在的空间。换句话说，一个是思想的形式领域，一个是存在之真实领域，但是这两层领域又均以思想而得以表达，所以又必称之为空间。

思想空间，亦即瞬时之特殊感觉在记忆中所造成之形式的判断领域。

存在空间，亦即于回归的感觉中，以存在之弹性体而恢复其统摄一切并直控所有点之纯粹的感觉领域。

或者我们也可以这样说：

存在本在于思想之外，而思想只不过是很可能发生一切浸越判断之存在的形式象征。存在属于瞬间，也属于感觉，它更不如思想般地永远在于两点之间，然后从事于一切联想、推演与判断的工作。相反的，它却是在超于思想之外，而在瞬间同时统摄一切点而存在的真实。因为它在瞬时而统摄一切点，所以它不存在于一切片面与不完整之中。因为它不会固定于一点，所以它是自由。因为它是演成

一切思想与记忆的根本体，所以它更是感觉的真实。

所以说，存在的空间，亦即孤独的空间，因为只有孤独才使人减去紧张，消除焦虑，吸收一切，而回归于存在之自我的弹性体中去，但是这却必须是一个真正属于存在的孤独的。

17

我刚刚才以极其兴奋而惊奇的心情觉得我有我，我是我，我能把握我了的，但是即刻时间却又重重地猛敲了我一记，因此它告诉我说：

假如说思想永远在感觉之后，那么你便永远在你之后。

也许这真的又是我错了。对于突然间出现在我生命中的一切，我总是那么惊奇而过分地把握并强调着它的。这就好像我会这样说——

好了，好了，我终于又可以把握着一个生命的中心来延展一切了。

但是实际上，当我一旦这样想了时，我却即刻又碰到了另一个致命的打击。这就好像有一个绝对的力量在回答着我说：

你又在思想中了。你绝不是如此的,这一切也只不过在说明你有了更充实而确切之思想的内容罢了。

我错了,我又在活在思想当中了,存在本不停止在那一点上的。

存在是时间,是延续,它不停止,它在往前走。你果真要思想吗?当心你马上就会被打进那一个永远都追不上存在之矛盾的冷宫里去!

两个月来,我真为我发现了感觉而庆幸,从此我一切的生活要以此为规范而重新规划起来。我以为我已真的捉到了些什么,其实我只不过是扯开了一层单薄的思想之网,而根本不会触及到那深极之存在与感觉的底层中去呀!

这样我感觉着,我活着,我想着,我以感觉而活着。每天每时中,每分每秒内,一个感觉、两个感觉、无数个感觉,我如今是比从前自由多了,我已不再受一切思想中判断的束缚了,但是每当我被一个强烈的感觉打击着时,即刻我便不能不又发现了那一个极端严重之“感觉流迁”的问题。

我感觉着,从一个感觉到另一个感觉,它在延续,它在流迁。我认识它了,我知道它了,我不再在随意之放射的思想中而禁锢着自己了,但是就此我就能找到了一个真正的自我吗?其实它也只不过是随着一个不可知之潮流在变迁

着我不定的感觉罢了。

我像活在一个漂流在大海中的船上，在恐惧、焦虑、矛盾与幻想之中，我确实能从感觉而看到了一个更真实的自我了。但是这个我却仍在这般地飘忽而做着可怜之感觉的追逐呀！

这一切果然是真的！我爱，我要，我觉到，我知道，我除去了思想的世界，面对了一个自体之感觉的领域，但是我仍只不过是一个存在之最外层的游荡物罢了。我，又是一个可怜的我，它转变得是这样的快，是这样的不可思议，我、我，我怎么办！

18

时间在流走，存在在延续，一切在默默中，一切仍在不可知中。我要高兴吗？我要跳跃吗？那我也只不过在永远地被丢在存在的后面而不自知罢了。

我永远在我的后面，我又一次上了说明、思想、惊奇与要的当。这使我觉得我像是一个不可知者的被耍弄着一样，我刚刚才觉得我在这里的，它却偏偏又把我弄到另一个地方去了。我不去吗？那却是真的。我要去吗？它却要我又一次地和思想去斗争。我，永远要借思想而知道我，我想我是思想，我知道我感觉仍旧是思想，每当我知道我刚刚在这一个感觉中时，实际上这一个感觉却早已他引而去。一个感觉接连着不断的感觉，思想却永远在感觉之后，感觉与思想、我与存在、寻求与惆怅，这一切到底是怎么的？这个搞不清的思想！

我又在我的后头了，我仍不是我。从前思想中的一切拖住了我，今日思想中的感觉又拖住了我，但是存在在往前走，它在真真实实地往前延续，我却在犹疑中被困在这里。思想，我以为我果已挣脱了它的束缚了，但是到今天我才知道我解开了那一个在形式中推演之思想的结，却不曾解开过思想本身，它使我仍不能属于那时间延续之感觉自体，却仍旧回到了思想着感觉的映射中，而开始做另一个自我的纠缠去了。

我明明知道有一个纯粹而绝对之不是一切特殊感觉之感觉的，但是今天我却依旧在思想的纠缠中，而做了那一切在思想中而出现之特殊感觉的奴隶。我明明知道有一个真正不受一切思想纠缠之不动者的，但是我却非使我自己在每一层的感觉中孤独而盲目地去度过着不行。这是我吗？这是存在吗？这到底是什么？我却只觉得好像是有一个不可知者，在拿我做了它的试验品的。在我的不自知中，

我就以为我是我的主人了的，但是那个默默者，却不声不响地永远胜利地在捏着我、推着我、拥着我、捉弄着我。我不再在一切外在形式的思想中了，我自由了，但是我却又在感觉之追逐的流迁中，而成了一个茫然之不自主的点。如今我到底要到哪里去呢？如今我到底怎样才是一个真正的我呢？

人到底是什么？一切到底是什么？存在它到底又要在哪里才能获得？

我明明以为我是自由了的，我明明以为我是真正在活着了的，但是我却只不过是一个毫不自主的流浪人呀！我从哪儿来？我要到哪儿去？我怎么会是这样子的？我怎么又不要这样子的？我明明知道有一个超越于自我之上之容括一切之存在吸收并放射之绝对体的，但是我一活到这儿，我一想到我活到这儿，便不由得听到了那一个默默的不可知者，嘲弄着我说道：

哈哈！你已知道了吗？那有什么用呢？一切是存在的，却不是知道的。你虽然知道，但是你却活在漂流之中。想又有什么用呢！你在疑虑呀！你在怀疑自身呀！你在找不到自身呀！你在捉弄自身呀！这一切是事实，想又有什么用呢？说又有什么用呢？纯粹的感觉、绝对的存在体、吸收、放射、不动、延续，这一切到底怎么办？这一切到底怎么办？如今你究竟已走到了这一个感觉的世界中来，但是它的存在并不是一蹴而就的呀！

思想有无数层，感觉有无数层，存在有无数层。如今我只不过在延续中，在时间中罢了，我却不是延续自体，不是时间自体，不是存在自体，我仍不是我。

追下去，找下去，却不要捉它，不要弄它，一急，它就跑掉了。我是自我斗争者，我是自我考验者，我是自我体验者，我要存在下去！我绝不轻信书本，我要自我体验下去。

思想中是虚假者，感觉中是流迁者，但是它们还是有呀！还是在那里的呀！我要重新再找找看！

19

我今天早起后是沉静多了，这也只不过是昨日我有了自我精神之斗争与打击罢了。

我想，人是很容易自我上当，或自我投入于自造的陷阱中去的。但是这又要怎么去解释呢？今日我想用一个比喻的方法来叙述我心中的慌乱与不安了，好吧！就用昨日已盛开了的百合花吧！

那儿有一朵百合花，盛开了，我看到它，一切在瞬时间，使我的心中有了闪电般的感觉。但是这个感觉并不是

一直停在那儿的，即刻，这个感觉便在一种不可知的力量簇拥下，而使它延伸起来，于是我由那一刹那的感觉，开始知道我看到了令我惊奇并引致美感的东西。这样一来，我既然知道我已有所得了，我便开始以我之所得而变为令我兴奋地要去表现一切。这一切是为了什么？这不过是我对我的感觉已有了判断而已。但是判断一旦开始了，人很自然便开始忘却了原本的感觉，而强烈地活在结论之中。但是结论又是什么呢？那便是说，我只要那令我兴奋而欢快的东西，因为判断与结论使我觉得只有这才是最真实的一切。

殊不知那使人兴奋与欢快的东西，很可能就是与兴奋与欢快全然不相干的东西，那只是一种感觉，那只是一种存在之纯粹的流荡与影射。可是这却要经过意识把它扭转，只去选取那些感觉由思想形式化后的变相结论，却不再问那属于本质之不动的纯粹物了。这是一种存在的迷惘，也是一种自我上当。

如今我知道了，我之所以要感觉，那只不过说明我在要一个感觉通过意识而成型之扭曲了的反应罢了。而我之所以要爱，那只是因为爱可使我欢快，尽管说我可不造成侵占，那也只不过说明我不活在思想的领域中，却根本不能说明我真的已在时间的存在之中，因为真正的爱，根本不在于欢快的感觉，而只在于那使你能爱的根本。它在爱的背后,它在爱的尽里,但是它却不是爱的自体。它是它的自体,它是产生一切者,它却不是一切。

从这儿我才知道,真正存在者,只是那一个原因者,真正原因者,也必是一个不动者,最多我只不过在困苦中被逼迫而回归,我却根本不在那存在的自体之中。这一切只是因为我根本还不是那一个原因者,我却只不过是那个借意识而扭曲一切之迷惘者罢了。所以说我要感觉,我要一切感觉,那只不过说明感觉在解除了思想之桎梏后之任意发泄。我说它是自由的,那也只不过是面对思想的形式束缚而言罢了。但是当我一旦又面临了那一个真正不动者的原因存在者时,那种漂流中的自由只不过在造成另一种迷惘罢了。

这一切到底是什么?这一切到底是怎么的?

那原因者,那纯粹感觉的自由者。

那感觉者,那漂流在任意之迷惘的发泄者。

那思想者,那判断扭曲之形式的被奴役者。

我怎么会从思想中而挣脱出来的?那只不过是因为我找到了思想背后的那一个更近于存在之真实的感觉。

但是我果然已脱去思想的束缚了吗?又为什么如今在我思想着感觉的时候,却又掉在不可自解之中?

这到底是因为感觉,还是因为思想;还是两者都是,两

者都不是？

我，不曾到底！

思想有两种：

一种是形式推论中的思想。

一种是思想到思想的思想。

思想到思想的思想，在破除一切思想中个别形式推论的迷惘，使思想导入空虚，同时更从思想的空虚中而逼现感觉。

感觉亦有两种：

一种是形成一切欲求与“要”之特殊关系中的感觉。

一种是造成一切特殊关系中感觉的感觉。

感觉到感觉的感觉，在破除一切感觉中个别之欲求的迷惘，使特殊的感觉导入漂流，同时更从感觉的漂流中而逼现真正存在的感觉。

而存在呢？我尚不知道。

我只知道，它是使一切可能者，但是它本身却不导入一切矛盾与不可自解。我想求它，但是我却仍不能够。

如今的我呢？

我怎么又变成了一个感觉的漂流者的？那只不过是因为我发现它比思想更真实而使我要了它罢了。

但是我为什么又没有成为那一个不动而纯粹之感觉

的自体者？那也只不过因为我又在扭曲了感觉自体，而自陷在第二次元的感觉中罢了。

我曾因为“要”而破除了思想，但是到头来我却又因为“要”而自陷在只是我之所有我的漂流之中。

思想中有一个“我”，那只是概念或概念集合的“我”，却不是我。

感觉中有一个“我”，那只是感觉或感觉集合的“我”，却不是我。

我真的要是我吗？那么我便不当漂流而无所自主。

我真的要是我吗？那么我便不当再在漂流中陷于惶惑而无以自解。

真正的我呢？那必是一个没有“我”的我。但是现在我却只不过在漂流中制造着另一个虚假的我罢了。

思想与观念曾使我迷醉，却终于使我活在那一个灵魂干枯了的境地之中。

感觉与爱又曾使我迷醉，却终于使我活在那一个无所自主的漂流之中。

一切在演变，一切在使我向自我而斗争。哟！人在宇宙中真正存在的问题，它只不过是一个在我之内的寻找罢了。

这一切我是知道的，但是我却仍旧要往错误中钻去

不成！因为存在不是概念的，而是由自我的演变而到达的。

这一切又是怎样的？

我好像是我的主宰，但是我却又好像是一个被主宰者。我明明曾想到那一个不动时间中存在之纯粹的感觉者的，我却又在拼命地把错误的感觉往我自身中塞。好像我又非要经历这一个自我鞭策之悲剧的命运，才能从自我斗争中而得以提升。这到底又是为了什么？为什么人不能知道了它就是它，或是知道了它就能做它呢？为什么人要从错误中而反悔，从矛盾的自我斗争中而寻求不成呢？

这一切的一切，想来已使我困惑而厌倦，我明知我明日的感觉仍要使我走进那流迁中去不成的，可是今天我为什么非要扯住我自身不要如此不成！这困惑中的困惑，除了我自己之外，还有谁能给我解开这一个结？

20

这感觉中的感觉，而非感觉的自体者。它仍只使我是一个被属于者，而不是那一个我的自体者。是的，在超出于思想形式的束缚中，我的行动是更自由了，但是我却仍不是我的一个真正的主宰者,这些我、一切我、假我、片面我、被属于的我、被主宰的我,我到底怎么才能没有一切不是我的我,而回归到那一个属于我之主宰者的实体的我中去呢?

好了,如今我又在这样想了。

我只要在我的流迁中,便永远不能舍弃一切不是我的我。假如我真要我是我,而又没有一切不是我的我,那只有一个办法,便是服从他者,而抹杀自身!

我是肯彻底否定自身的,但是否定了自身后之落于自我的空虚,那只不过是一个思想的概念罢了。因为虚空永不可以是真的,它只存在于概念之中,实际上即在空虚中,人仍能感觉到空虚的存在呀!

不!彻底否定自身的虚空绝不是真的,它不属于存在。

那么否定一种自身,而借肯定他者来建立一个更真实的自身吗?

他者,这又是什么?我真认识一个可服从的他者吗?好像是的,但是我却在想:

假如我只是认识他,那只不过说明他存在于我的思想中。这是推论,这是想像,这种意识是毫无用处的,最多他只不过能掀起一场对自我斗争的可能性罢了。

我又想:

假如他者不只存在于我的思想中，而更属于我内在之感觉的，那么这种具有实际存在经验的认识，根本就是“是他”，而不是形式地认识他，“是他”便是存在于他，这又有何服从他者之由！

但是我却又偏偏不是他呀！我不是他，我又要是他；我不是他，我却又要服从他，而服从他，却又必须确认他，而确认他，实际上又必须“是他”；我又明明不是他，却又明明不时地听到他对我说——

服从、服从，像被役者服从役使者，像奴役者服从他的主宰，像无者服从那有者，像……

但是我又要服从于谁呢？

哟！是那存在者、大者、纯粹的感觉者、原因者、时间者、不动者、一切者，他是他者。

好吧！就是他吧！于是他又对我说——

不许你感动！

不许你掀起思想及灵感！

不许你自我享有！

不许你陶醉在你中！

不许你一切！

不许你所有！

不许！不许！

你只能是你！

干净者、不染者、空无者、有无之间者、有者、无者、不偏者，亦即存在的真实者。

假如我想要是我，我便要服从那个大者存在者。

我要借服从而回转吧！我明明在怀疑它，但是另一方面我却又要我这样去做。并想借服从他而进入了他者中去。但是这不是矛盾吗？这不是自我勉强吗？是的，不由得我却又向我自己说道：

默默，服从，自我是卑下而微贱的，所以在心灵的聆听中，我终于第一次感到了那无上世界的伫立者，因之今日我也终于稳定着了。

今日我能，可是明天我能吗？

当我一想到惊喜与爱时我能吗？

当我满心只想到自身，却未能解去惆怅矛盾时我能吗？

大者的服从，不但不准许你是你狭小的自己，甚至他都不准许你痛恨你是你、你鞭策你、你自罪与自疚你。

那纯然存在的大者哟，如今我仍未能近你半步呀！

今日我这样想，明日我仍旧要爱人。

今日我这样想，明日我仍旧要困惑。

今日我这样想，明日我仍旧要自疚。

今日我这样想,明日我仍旧要自我斗争。

今日……明日……

我到底如何才能将自我倒尽,而将这些困惑的自我划除呀!有人会告诉我说,这一切只不过在于瞬间,这一切只不过是一念之差!但是我却明明知道今日我不能,明日我仍不能,我不能骗我自己!

何时我能?我永远都不会知道的,或者它只在我不知我能时。

21

存在,存在,我只是存在的一个试验品,我的一切也只不过在证明它的存在罢了。但是存在在思想之外到底又是什么呢?是他,还是我自己?

这是什么呀!这一切!

22

感觉是一层世界,我知"我感觉"又是一层世界,我知

“我知”又是一层世界。

但是在每一层世界中，又都有了各个不同的层次，同时在每一层次间，这三种不同的世界又以不同的成分而交织成一个不可解的谜。

生命与宇宙之间，它正是一个永不可解开的谜。

除非你是那一个不动之不动者，否则你就要陷在这一个谜团之中，而做你自身的试验物罢了。但是从另一方面来说，那个真正的不动者不就是虚空吗？这怎么办？

一切是影子，一切是不可捉摸的点，你以为你是因为A到B的，但是当你一旦到了B时，你才知道那并不是因为A的缘故；相反，那却是因为B根本就早已在那里呀！甚至我们又发现这个B也并不是一个真正的到达物，因为B的存在，仍旧像A一样只不过是一个影子的点，而将你引向于C点去的一个可能性罢了。

C呢？这不可休止之影子的点，这不可休止之影子的点，活在流迁中的一切生命者，却又永远都会将每一个影子的点看成了真正可到达的东西。但是在另一方面，当你越是承认它是真实时，实际上那又必等于你在否定它。一切是不可捉的，因为当你一旦捉到了它时，它必然都是空的。

空的点，空的点，一切空之点的囊括，也同样等于要将

你拉向那一个真有之点,这一切到底是什么?

一切是矛盾,一切是不可解。

不可解,不可解。

只有不可解才使你真正地捉到了些什么。

你曾觉得捉到了什么而解开了它吗?那只不过说明你在造成另一个不可解之不可解罢了。

但是第一层不可解永远离真实者最近,一切由不可解中所引致之可解之第二层不可解,都足以使你连不可解也不可知地掉在那蒙蔽之鼓中。

不可解,不可解,就活在不可解中吧!

只有当晨起清醒而沉沉的心灵才会使我如此的。

不可解,不可解,我已安于此了吧!

可是到底什么才是不可解?

这空虚,这迷雾,难道这就是人在笼罩一切而又不被一切所囿吗?

这清晨,这朝起的迷雾。

雾、雾,不可解之雾呀!

难道你就是那个使人更能接近于真实的一切吗?但是我仍旧捉不到它呀!是我自己在捉迷藏吗?

雾,看不见的,

那生命的整体者。

拨开它，一切又都清楚着了，

却又在彼此抵塞而不相通。

雾，看不见的，

那生命的整体者。

拨开它，一切都又清楚着了，

却又在彼此抵塞而不相通。

真实，你站立在一切之间；

谜，你在沟通所有。

23

当今日清晨又果有智慧从我的心灵里初生的时刻，我想我又可以有所收获了。

我想：

每一个感觉就是一个点，但是每一个真正的点都在造

成一种矛盾。而真正矛盾的意义并不是对立之二者间的存在;相反,那却只在说明着这一点不但是它自身,同时它又是所以使它是它之母体存在的象征者。

如果一个别存在的点,只在流迁中存在,那么这只在说明它只是思想中的一个个体存在,实际上却并没有蕴涵着矛盾之可能性的。因为一个真正的点,不但它是它,同时它又在象征一切点与非点的全体。但是于此所谓的全体并不是无数点的集合;相反,一个真正的全体却只有在一个点的象征与超越的存在上才凸显了出来的。因为一切个别点与无数点的意义只存在于思想的概念关联中,而思想本身却除了概念的形式外,是丝毫都不能指出一个存在自体之存在来的。而真正的全体只有靠感觉才能得知,而那个真正能够提示存在全体的感觉,却又必在于一切流迁的感觉之外。这是一个感觉,但是这个感觉却又必然要超出它自身,而达到那超越于个别之另一个大体上去才得以完成了的。

是它,但是却又必然是另外一个它,这便是真正的矛盾存在。所以一切感觉之点都具有两种不同的意义:

第一,它是它自身。

第二,它更是那一个所以使它自身存在之母体不可知者的象征物。

而在人之存在中的一切错误，即在于肯定前者，并在不自觉中而否定后者。殊不知肯定前者，那只不过在说明着人之存在中的盲目与褊狭。甚至那种对某一点的肯定，实际上根本是不可能的事情，因为全然孤立于一切之外而存在的点，根本是不存在的。甚至我们更会发现，假如世界上果真只有那么一个点，那么我们应该连这一个点也毫无所知才对，其实在那种情形中，我们根本就不可能把它讲出来。所以说，只要有一个点，那么它即刻便会延续成无数个点。但是在这个无数点的连接之中，实际上我们也根本说不出到底是那一个点才是真正之起始点来的。因为真正的起始点，根本就不可能是这无数点中的任一点；假若是，那我们也根本找不出从这一点会延续到另一点的原因来。所以说，这个由一个可把握的点，必然要延续成无数点的点，虽然从表面上看起来是形式的许多点，但是假如我若求其存在的实际意义，这许多点又必等于那一个点；再者，无数点的集合并不等于存在的全然，而且无数点的意义也不足以说明一个点的真正原因。

因此从这里我们可以得知，无数点即一个点，不但无数点的连续并不是由于点本身，甚至任一点之所以存在，亦必在于此点之外，但是这却绝不是那一个由无数点所代表的全然者，因为无数点的全然，仍只是个无首无尾的驾

空者。甚至我们更发现，由于无数点的延续，更足以妨害了对于第一个出现点之扰乱与自觉的不可能。因为点与点之间的关系，在造成一个更形虚假之连续的空间，所以说，我们对于任一点的了解，不但不能借助于无数点；相反，却应该在第一点刚出现时，就把它找出来。

这一个点是什么？

这一个点便是那个超出于它之外，而又是出生它之“存在的象征者”。

人只应由此点而回归，或是从母体上将此点吸收，却不应该任意发展下去，以至到达全然不能自觉的地步中去。

知母体象征之存在者，可在感觉中而不被感觉所知；不知者，却只有蒙蔽了自身，穿凿判断而无以自解了。

有感觉而不被感觉所限，有思想而不被思想所限，这便是真正的存在者。

但是这容易吗？不，我根本做不到！最多我只不过在这个点的矛盾中而挣扎罢了。

24

为什么人只注重想出来的东西，而不注重所以会使人想出一切来的感觉自体？

为什么人只注重所能感觉到的一切，而不注重所以会使人感觉到一切之存在的母体世界？

这里有一大堆的形上学的问题，一大堆的心理学的问题，一大堆的伦理学的问题，一大堆知识论的问题，甚至是一大堆宗教的问题。而所有这些东西，不是拿来解释这些问题，就是在设法解决这些问题。这会是有用的吗？这只能诉诸每一个存在的个人自体的真实内容，才能获得解决。

思想是一层世界，感觉是一层世界，存在自体又是一层世界，它们根本是不能分的一体，可是我们却非把它们分开来不行。

存在是存在，但是它也是能呈现它自身存在的纯粹感觉。但是这一纯粹的感觉并不是停在那儿的，因为真正停在那儿的纯粹感觉，我们便不再能得知它。于是即刻此一纯粹感觉就自然地演变成为一具有物象性之特殊的感觉。同样，此一物象的感觉也不是停在那儿的，因为真正停在

那儿的特殊感觉,我们也必不会知道了它。于是即刻此一特殊感觉便演变成了对于此一感觉之思想的“知”。这样知既然存在了,那么即刻人类便以此最拿手之思想的把戏,而推演成为形式概念间之所有的推论与知识。

这样,你说世界上的一切事物就是知吗?是的,世界上没有不是知的东西。

你说它是感觉吗?是的,世界上没有一事物不是有了感觉的成分的。

你说它是存在吗?是的,世界上没有一事物不蕴涵了存在的可能的。

这真是一个谜,一个永远都说不清的谜。但是人又非说它不成。于是我们为了方便,便把这一个一体连用的存在系统,划分成了三个不同的层次。这样一来,事实告诉我们,每一层世界都具有侵越到他一层次世界的可能,同时这也就是造成了一切问题与纠纷的最大关键处。因为人假如果真能以此三层世界的源本存在,逐次地放射并吸收之,那么矛盾当不在存在之中。但是实际上,我们发现人不是过分地注重了知,便是过分注重了感觉或存在之形上自体。注重了知,就足以造成了感觉世界的退缩,甚至是生命的干枯。注重了感觉,也同样可造成了一个流迁不定的非主宰的存在个体。注重了存在之形上自体,也同样会造成一切不能延伸一切存在层次之寂灭的空虚世界。而所有这一切浸越的可能,又都必在知的形态下完成形象,我们便没有办法看到这三层世界间所一定互相连贯的关键;看不到这种关键,人便只有在矛盾中寻索,仍旧只有投向于无以自解中去了。

所以说,回归即还原的意思,而还原便是以它来看它的意思,这样假如人果能将此三层世界还原而周流,则人也就不会导入任何矛盾与不自解中去了。因为真正的存在便是活,而活却绝不是徒于形式理论上有所完成的,否则人便仍只有投向于形式之知的陷阱中去无以自解,却不能从存在之放射与吸收间,而生活于存在之圆周运动之真正的自我中了。

25

如今理论的头绪已清楚多了,但是我是否真的已能将一切世界安排妥当,而生活于真正存在的经验中呢?不能,完全不能。因为真正的存在不是形式、不是理论,而是你在每一个感觉连续中所达到之存在的圆周运动与必然。它是要到达的,却不是可论断的。不能时,人就在自我困惑着,

最多理论上的解决可以给人一个更清楚的指引罢了。

所以在今天阴霾的黄昏中，我站立在山头上的时候，我仍旧不能不这般困惑地想着：

我明明知道这是解不开的，但是我却又非想解开它不成。

桎梏、思想、存在，它们纠缠，它们交错，它们有无数层，它们在验证自身。

我，我们讲的这一个我，实际上它往往只不过是一个思想中的概念罢了。而思想中的一切便必是焦虑，甚至它更会令人干枯而死亡。思想是自我被一切对象物吸收后之不再是我的象征。或者思想即知，而知中存在的排列是这样子的：

纯粹者→感觉者→知感觉者→知者→知中的判断者→判断中的判断者……

而在世界上最不具有真实与存在意义的便是判断。它是思想的结论，它却永远都在感觉之后。

人只有在思想中才有我的，因为由思想所必引致的结论，便是矛盾与焦虑中之对于自我的寻找。

这是第一层桎梏，第一层谜。

它在使人向外而制造我，同时又向外而去寻找我。这便是焦虑、困惑、茫然与不解。

如今这一层思想似乎已不再能困惑着我了，我差不多已不再活在那一切把我拉向于一个全然概念之虚假而判断着的外面的我中了。如今我不再活在任何感觉之外的世界中了，一切只在属于我的感觉之内。我再也不会在那虚幻而令人干枯的追逐中而生活了。即便是当今日我又活在另一个"感觉流迁"的困惑与追逐中，但是我再也不会经历那种在我的外面奔波而竭尽的困苦中了。如今我只在我之内，我看清楚了一切，尽管我仍不能控制一切。我觉到一切，我不制造空幻。感觉的困惑是另一种困惑，这种困惑在自身之内，所以也正因此，我仍有相当的自由来处理我生活中的一切事物，我却不再在情绪的混乱中枯竭般地讨生活了。一切在我是比较稳定的了，如今在感觉的困惑中，我为那一个更内在的我而工作。这个我是另一个我，但是这个更内在于我自身之内的我之结，又要怎么去解开它呢？哟，困惑，困惑，仍旧是困惑！

一切我都知道了，但是我仍走不到吗？

26

荒原，凉凉的乐响。

时 间 中 的 苦 索

一个不可知的影子从那边无声地滑了过来。

我，那就是我。

哟，你到底要到哪里去？

他，仍旧无声地从我的身边滑曳了过去。

目送着他，

突然一阵长空里的闪电，

那个影子又给我抓了过来。

仍旧是我，那个业已走向了荒原边沿上去的人，

他穿着衣服，

回头望着这边的影子，仍旧无声地走了下去。

扯离，扯离，

荒原中的扯离，

解呀，解呀！

只刮成了一阵阵荒原中凉起的风，

凉凉的乐响，凉凉的乐响，

一切终于又飘起了飘起了。

影子在走，衣服在走，

荒原中那一个上头的火焰之球，

它照不透的，它永远都照不透的。

27

思想、思想，一切仍旧是思想，思想本不能解决任何存在的问题的；相反，它却只给人带来一切现实存在中的困扰与焦虑。我明明知道它们没有任何效用的，但是有时我仍然不免于此。只要我果然不会被思想所陷所误，那么我却应该以思想的必然而从事于存在之回归的工作了。

从前我思想在思想之中，但是如今我已能思想于更接近那真正存在性的感觉中了。

思想、思想，到底从思想的回归而被逼现的原则是什么？

第一，现时的必然。

第二，秩序的归复。

思想永远都不是停留在一个单纯固定点上的东西，它却总是要使人超出于真实的存在时间，而出现于一切记忆与幻想中过去与未来之错乱的象征之中。同时从这里它更要无限延续地产生无限知识、无限判断，甚至最后它更把一切都弄到失去了它原本存在状态的境地中去。但是只要

人一自觉,一反顾,一不耐烦于一切不真实之思想中的存在, 即刻便又从思想中回归而逼现于存在的现实中来,于是一旦真正存在的现实被逼现了,即刻人便开始投向相对于"一切有"之思想的空虚中来。这样一切即是空虚的了,那么我们才得以重新来观看一切、透视一切,同时并规划所有。

属于记忆的,让它归向于记忆中去。

属于瞬时现在的,让它归向于瞬时现在去。

属于思想之未来的,让它归向于思想之未来去。

这样时间的次序安排好了,存在的真实条理才开始得以归复而重现。

28

不属于一切而只属于它自体的存在, 也归向于存在去。

属于感觉延展之放射的,也归向于感觉的放射中去。

属于感觉而又在它自体中的,也归向于它自体中去。

但是这却不是思想,而必须是真正时间中之存在之序列的。因为思想只在制造存在层次的错乱与虚伪的时间,而真正的存在时间所告诉我们的，却是一切是什么就是什么，到哪里就是哪里之本然的规划系列。这是真正的次序，也是真正的存在与时间，没有纠纷，没有错乱，也就没有一切是它而又不是它的矛盾与荒谬。

这样子，当我于冥想的孤独中被吸收，而出现于存在的整合中了，于是一切也就终于算是到达了。

29

思想中只有形式与概念间之命题的关联，那却不是存在的真实。相反，假如我们要想回归到思想的真实内容上，那么我们必将发现思想的真正根源的意义，却只在丁由指示与分析所造成之对于存在感觉之符号的象征。换句话说，概念之真正效用，只在于它与此一感觉内容之同为一致，否则这个只在思想中出现的概念应当是无效的。

30

一切不在于思想，而只在于有没有它，是不是它。

一切不在于概念,而只在于你是不是此一概念的创有者。

所以人不是概念,也不只是思想的形成者。

思想也不是一个固体物,而只是一个主体作用之形式的象征。同样的,人也只是一个主体作用之实际内容的获有者罢了。

假如是痛苦,那么真正的痛苦,既不在于思想中,也不是一个感觉的对象;相反,而是使你自身即成为痛苦自体。这是痛苦的真实,同样也就是痛苦的创有者。

空虚亦然,一切若是,人必须是你自身一切的创有者,你才能达到存在之可能的基础上。

概念只是一个象征物,它在象征真正的感觉存在。

真正的感觉也不是一个物我分离之间之我的获取物;相反,它却只是超越于物我之上的一个存在之运动的具体表现。因为物我本身并不是固有物,它却只是知识中的形式造成物。

一切是本然的,一切是固有的,一切更是存在之运动的必然,但是它却不是固定的形式物,因为它在时间之中,它更在无声中延续。

31

一切固定形式都只是思想，而存在为必然，感觉亦为必然。一切是你，一切是由于存在，而存在便是自然的延续。

一切固定的形式只是思想，而存在却为必然。一切是你，一切是由于存在，而存在是自然的延续，是必然的时间，是“是它”，是它自身，而不是一切。但是这到底要人如何才能从一切的外面而进到这存在的里面来呢？这不是别的，而是“忍受”。

使一切是它，并让它是它，并不是 件容易的事，因为假如人不能认清了一个超越于一切形式之上的存在绝对体，那么你不但不能以它是它，甚至你更必将掉入于思想之中去，而失去了一切可从原本的存在体直接自然而放射并吸收的可能性。

让它是它，即在于消失了一切人为的形式思想与推论，而顺从于存在之运动的必然，却不再加给它任何不属于它自身的东西。假如是苦，就让它是苦，而不要再加给它“你不能忍受苦”；假如是爱，你就爱，却不要加给它“你贪

恋爱”。

本然地接受它,直接地忍受它,但是它到底又是怎么来的?它来自于一个原本而展示成一切可能之存在自体的把握上。

于存在之中,人将是一个忍受者。忍受,便是要达于存在而不任意发泄,并由自身将一切吸收之必然的进程。

32

如今我懂了,我不能只知道什么是真正延续的时间,什么是思想中虚假的时间,甚至我更要知道我到底是什么在承受着正在延续的时间的,或者我到底又在什么样子的真实的感觉,而在使延续的时间成为可能的。那是什么?那便是欲使人回归之方法的“忍受”。存在本是必然的,而一切由存在延续的东西也是必然的。但是我却只应该让存在自体自然而必然地延续或放射,却不应该在任一存在放射的层次中,任意地附加了一些不是它所是的思想的成分上去。而一切属于存在的困扰,正在于人在被囿于思想的时间,而附加了许多不是存在自体的东西上去,这是超出于现在之真实的时间,同时这也就是对于存在的浸越。而所有这一切困扰，也无非是因为思想被错置与误用的缘故，以致造成了一切时间上的混乱与谬误罢了。

虽然从另一方面来看，思想本身也是属于存在放射的东西，但是实际上我们却往往并没有把思想归还于思想本身；相反，我们却只把思想的存在离却于存在，反而来论断着存在自体的存在了。这是一切存在问题的症结所在，同时也就是存在之最大危机之所在。

所以说，就即使人将思想而附加于一切存在之感觉的世界中去，但是假如人果能以附加而当附加看，那也不会造成任何弊端，因为以附加当附加看，最多也只不过使存在多一层放射罢了，却不会引致存在于无限制地任情放射中所造成的论断。其实这只是人为的一层虚妄，却不是存在自体存在的原本内容。相反，假如人果然能拿存在当存在看，那么我们便会顺着存在的时间去造成一切，却不会造成一切存在的错乱与谬误。相反，一切谬误只是由于思想之对于存在的论断性，而使人活在谬误的思想中，这样时间既已错乱，人便不复存在于存在之中，这是一种虚伪的人为，所以他也必活在一切错误与荒谬之中，最后以致自失而无以自知了。

33

今后我只忍受，再忍受。它是什么，就让它是什么，不附加，不错乱，这样我就能保持了真正的存在层次而不致迷失了。

爱着就让它爱着，我就不再被爱所囿了。

贪恋就让它贪恋着，我就不再被贪恋所囿了。

苦就让它苦着，我就不再被苦所囿了。

思想就让它思想着，我就不再被思想所囿了。

有一切，而不被一切所囿，我也就真正地自由着了。

存在必在延续感觉，感觉必在造成"要"，"要"必使人苦，苦必使人陷于矛盾，矛盾必使人不能忍受，然后人再在忍受中使自身含着自身，而得以回归。

但是在感觉的流变中，我又在贪恋于一个绝对不动者的追求，其实那只不过说明着我在被感觉所苦，却不曾把握着感觉自体以达于存在罢了。

在感觉的贪恋中，我却又只在贪恋中而活，其实我并不曾在存在之感觉的时间之内罢了。

一切只是由于时间的错乱，一切只是由于是它而又不是它罢了。

假如人果能在这一瞬间就是这一瞬间，那么他便必是一个真正的纯粹者。而真正的纯粹者，即真正的延续者。这是忍受后的自由，同时也就是存在之必然的存在。

34

存在是不能捉的，它不是目的，也不是一个被所有物。

你要觉到它，是它，你即在存在中。而人之所以把存在当做是一个目的或原因之绝对者，那仍不过说明你只在思想性的分析中，而不在真实的感觉与存在中罢了。

想到这里，不由得在我的心中就又有了一个幻想，如今我已更形而接近于存在了，思想又进一步地被破除着了。忍受、忍受，是什么就是什么，有什么也让它包含在它自身之中，但是到底这个更被我接近了的存在，又可被设想为一个什么样子呢？

我不该这样想吗？

我能不能只是幻想呢？

幻想不是思想吧？

对了，恐怕有一种"想"是被准许着的，那是什么？

那便是属于纯粹直觉的东西。

它在思想之外,它来自于一不可知的冲动力,它由人而呈现,但是它却存在于一切人为之外的那一个运动的世界之中。

存在到底是什么样子呢?

它就是那一个以不可知的直觉,而被人觉着的自然而运动着的世界罢了。

我们又为什么非要达到它不成呢?

那无非是靠了那一个不可知的冲动力,而去追求那一个我是我、存在是存在的世界罢了。

35

存在在运动,存在在跳跃,这真正延续的时间者,它在运动,它在跳跃,它也是那一个真正母子之间同体者。不要只在思想着它,更不要在分析中而将之抹杀,只是这样存在下去,只是这样存在下去,这便是那一个光与源体的真存者。

它无声无息,却不被一切斫伤;它默默而动着,就必在延成了一切必定要存在着的。

运动,运动,真运动者在思想之外,它更不属于任何观念的世界。它只是它,它更是那默默而运动的自体存在,它属于时间,它更是一切空间的制造者。它囊括所有,它出生一切,一切是它,在它中我们只见到存在之自然而必然的次序,却看不到任何矛盾与冲突。

放射,放射,永远的放射与导源者,它在运动中延续,它在跳跃中常存。它不是思想者,它不属于分析,它是光,也是那一个源体的发光者。

它是有,也是无,也是一切有无之间者。

它是一切,一切是它。

36

一切是动者,世界上没有不在运动着的。所谓不动者,那只不过是我们为了追求动者、解释动者,同时更进一步来控制动者,所必具有的一个名词罢了。而动者,同样也只是在呈现不动者之必然罢了。动与不动者,它们是存在的两个极端,这一如时间与空间的存在一样。而一切对于存在之分析的极端分割,也正是在说明存在自体之通体的运行中,由人而产生之思想解释的必然罢了。

一切是瞬间,一切是瞬间的延续,一切在往前移,一切是自现的完整。

一切不是目的,一切不是孤立,一切不是对立,一切不是分割。

瞬间者自续,延续者自存,前移者自归,完整者自有。

目的者不可达,孤立者永不和,对立者不自存,分割者不可立。

37

存在本身是运动而自展的,知识可存在,感觉更为必然,一切在运动中而得以延续。一切错误在于所有层次的存在中,由于思想而不能使其自身为自身,所加与之混乱与紧张而成。

思想之混乱是一种颠倒,紧张是一种不成熟。紧张在造成一切盲目的追求,而盲目的追求更在说明了思想颠倒中之思想性之过分的外驰。于是在二次二元的思想中,一切在形成判断,一切在形成目的,一切在形成分割,一切在形成矛盾与对立。

不成熟的思想,不成熟的存在,不成熟的感觉,不成熟的人，这一切只不过在徒然地制造纠纷而陷入于无以自解罢了。

不成熟是一切之敌。

但是到底什么才是成熟？

那便是忍受后回归的自由。

它是人之真正的内涵，同时也是人之真正孤独的经验。

38

吸收绝不是思想之事，而真正的吸收，便是忍受。

只有在忍受中，我才不再在任何外引的存在中而失去自我。相反，我却在一真正活动体的领域中使我包含着我，而不走于外失之中。

我包含着我，便是是我，甚至它也是使一切在一超越的领域中，将我与我的放射体而成为同体者。所以真正的忍受即在消失属于激切的一切，真正的忍受在消除了一切不必要的流失，甚至它更在使自身将一切吸收了，而形成为一个真正存在间之浓缩的点。于是从这一个浓缩的点中，思想的时间已被吸收，而存在的时间即将开始。一切在默含之中，一切在深厚之内，它使人在默默中吸收了一切，并在默默中孕育自身，甚至它更使人在感觉的时间之内，以造成时间的存在与延续。

忍受在制造精神内蕴中之孤独的空间世界，忍受在制造一切属于自我之吸收的世界。这不是退缩，更不是悲剧；相反，这却是整体世界的吸收与蕴涵的完成。同时这也正是世界由其表层的领域，而走向于内存默涵之本质领域中去。

忍受、忍受，它是能给你制造出存在之光来的。

39

在忍受中，一切在吸收，一切在个别地吸收，一切在彼此地吸收，而吸收即在于使其个体在蕴涵自体之所有的情况中，整个地给显现出来。同样，正因为只有在默涵的忍受中，才能使每个层次中的个别遭遇能本然地显现出来，所以我们才能在不使它们彼此错乱而颠倒的情况中，规划地将它们安排在最恰当的领域内，以使我们能有一正确而完整的感觉来处置了它。

这是一个紧张与痛苦，我忍受着它，或痛苦再放射而成思想中的不能忍受，我仍旧忍受着它。因为这一切都是我，也都在我之中，而忍受却不在于自我放纵而任意地去。相反，人却只有在忍受中，才能使自身在默涵之下，真切地看清楚了一切。假如人的错误或过分是必然的，那么人也必然将因为忍受而使此错误与过分而逐渐减少。假如人会因为单纯的爱而陷入不能忍受的，而忍受也自将使你在默涵中而有更大的余地去爱，并享受你的爱。假如人是在无限放射之思想的谬误中而自失了的，那么忍受仍然会使你逐渐地在默涵中一一而回归，以至于自身属于自身的地步。

忍受、忍受，它永远存在于默涵着自身的空间之中。忍受、忍受，它也永远与孤独的自体而不相分割。它在彻底使自身成为自身者；同样，它也在使自身成为自身的吸收者。这样人不但将使自身在自身之中，而成为一个存在之浓缩的点，甚至它更使一切放射的结果被吸收，而形成了放射之最大回归的效果。忍受、忍受，当我懂得了感觉的时候起，我便不再使我的孤独而只依属于那些思想中的东西了。忍受是一种感觉，它更是一种包含着感觉的感觉，它不属于思想，它却必将思想而吸收。忍受在使我成为我自己，同时它也在使一切成为那一切之原来的存在，却不是在思想中使人陷于错误的迷惘而无以自拔。忍受中有了真正的孤独与自我的蕴涵,同时也就自有了使自身成为自身的可能,这是一个存在之重大的关键,如今我终于又从感觉的错乱中,而逐渐地又从自我含着自我的忍受中,回归到更纯粹的存在与感觉中来。

40

感觉是人之“活”着的象征,但是它一进入于思想,就呈现终止与枯萎。

思想永远在感觉之后,它永远都不可能是感觉中任何问题的解决者。

感觉只有依靠感觉,小的感觉靠大的感觉,大的感觉靠更大的感觉,更大的感觉靠一个大到不能再大的无感觉的感觉。那便是空无的象征,它是空无,但仍是有,因为那便是超出一切有限人为之纯粹的自体。

忍受便是扩大并包容一切感觉的起始点,它是真正的吸收,也是使人真正感到了一个新起之世界的源头处。

一个感觉愈持久,便愈不纯粹,你愈“使”它存在,便愈是陷入人为。

41

如今在忍受中,我才真正得知了什么是生命提升的味道。那是什么?它便是使人离却一切现实与个别,而将心灵提升为对整体宇宙生命之吸收后的惊叹。

大海在叹息,无声的大海在叹息。

它默涵着那亘古之金色的真理,

可也在扬荡着重呀!

它载负着穿透的光——

而沉沉地放下了那一块巨山之宇宙之石。

耸起着,耸起着,

仍只为了扬起那大海生命之宇宙的叹息啊!

在叹息,在叹息,

无声的大海在叹息。

42

如今我知道到底要怎样来寻找我自己了。甚至我更不

再去盲目地问“那是什么”了。我却只在问我自己，什么是“那是什么”，我为什么问“那是什么”，问了又怎样？知道了又怎样？其实这根本是一个再平常不过的问题了，在生活中任何人都会碰到，任何人都必将碰到的，但是人却只在问“是什么”，他却很少问“为什么问”，说起来一切问题根本不在外头呀！差不多假如你果真能知道了问题产生的原因时，那根本就等于你已得到了大半的答案；相反，假如你不问“为什么”，而只去追逐了一个“是什么”，那么这种答案的获得，只不过在说明你要它是如此罢了，但是它本身并不一定就是一个真实而完整的答案。

于是一切以一种退缩的方法，使我自身含着自身，使我自身永远保留于自身之内，这样我也就在忍受中，永远保留一个完整之自身的个体，而不至于过分地外溢而迷失了。

你说这种存在是萎缩吗？绝不是的，其实存在的仍旧是要存在的，放射依旧在继续，只是在一个一切发生以前之存有的把握上，更可以使你控制自身并占有一切罢了。

有人叫它做空无，有人叫它做宇宙无分之一体，其实这还不是一样的东西，一切只不过是由于寻求方法的不同，而有着不同的解释罢了。

一切含着一切，这就是一体。

面对着一切放射之有，这便是空无。

我含着一切，我便是一切的一体，而纯粹的我面对一切我的放射物，那便是空无。

43

真正的我，便是世界之一体者。

忍受、退缩，它并不在构成一个狭小的自我；相反，它却在自我上将一切吸收，而形成一个更广大的自我。而一个更广大的自我，即在于容括更多的事物，而不被它所范囿。于是在忍受中，人不再是一个盲目的发射者；相反，我们却在其中感到了自身之潺潺地在向世界而无限地扩展着。但是忍受中的扩展，并不是硬性的触及；相反，它却使你透悟了一个一切在互相吸收并放射之宇宙运动之统合体之生机的存在。

忍受中有真正完整的自我。

真正的自我，便是与宇宙统体中一切活动无分而统摄着的形上摄合物。

44

驰骋与默咏——

滑向那山头去了。

一个连一个的空间，

它是无边无际的，

哟，一切业已在无声中驰骋、默咏、扬荡而飞翔，

一切业已在无声中驰骋、默咏、扬荡而飞翔。

它是一只鸟，

摇摆两翼在飞翔，

像语言之画在大地上的影子，

它在说一个沉思、默咏、扬荡而飞翔的故事。

那飞翔之永不休止者，

果必结在深邃之肌血之内，

锤炼，锤炼，

毛发成了眼睛的歌，

哟，默咏而眺望吧，

默咏而眺望吧！

默咏展翼而飞翔，

哟，默咏而眺望吧，

默咏而眺望吧！

它便是那一个居住在汪洋大山之上之飞翔的默咏者。

它是一只鸟，

它是一只鸟，

摇摆两翼在飞翔。

它是一只鸟，

它是一只鸟，

画在地上的影子，

永远在说那一个沉思、默咏、扬荡而飞翔的故事。

它是一只鸟，

它是一只鸟，

它是一只鸟，

它是一只鸟……

45

长息的语言，

揭起在瞬时幻想之惊叹的世界。

草，它托着人类心灵中之整个的爱，

就这样一下子就画到无边无际去了。

融合着，融合着，

默语已展示于地与天之边之际。

那边也蓝了，

这又是一个可触得到的爱。

它光润而沉实的脸，

只使你又记起了那宇宙中之惊异与叹息的世界来。

这样我就摸一摸空间，闻一闻天，

长吸，长吸，

原来那树巅上鸟的歌唱是脆弱的。

惊异与叹息，惊异与叹息，

宇宙中又有什么不是在常相厮守而拥抱着的！

宇宙中又有什么不是在常相厮守而拥抱着的！

46

I am a child, I have wonders.

I am a child, I have wonders.

我贪恋于我属于我自己的自由与飞翔。

我贪恋,我贪恋——

再深的面对着再深的,

再深的面对着更深的,

谁能看得见那一切属于快乐与痛苦背后的?

谁能?

贪恋与寻找,贪恋与寻找,

I am a child, I have wonders.

I am a child, I have wonders.

47

无人的深山里,

我已集中于对永恒的思念,

哟,就是那一群宇宙的音符了吧!
像那紧系在我肋骨上的悲哀与叹息,
它在倾吐着呀!它在倾吐呀!
直抛向于那个永恒体的连锁中去,
于是它就又伫立在那里了。
默念与倾吐,默念与倾吐,
潜动,潜动,这沉思中的连锁者,
一下子宇宙就又具有了那千万斤的力量了。
也仍在作一个默念中之大的倾吐与大的沉思,
这一切在沉思中之连体的世界者啊!
它一直是在那儿伫立着的,
它一直是在那儿伫立着的。

卷二　世纪的苦索者

一 人活着的惟一可能是什么

知识的追求,它纠缠、繁琐而永无尽头之日。

生命与存在的追求,它将使人获得那圆满而极致的欢乐和永恒。

是的,一切必须是由自身而追求来的,才是具有了真实之必然性的,否则,一切属于知识与生命的谈论,实际上在他自身来说是连开始都不曾开始过的。

人,当他果能又离开了一切精神上追求的矛盾与冲动,而又重新走到了高山上来生活的日子里,那他就自能活在那个永远清醒而极端富有的世界中了。

我想我总是没有错的。我离开了屋宇而走到旷野中来;因为只有这里的生活,才给人以最充实之性灵的回答与安慰。同样,我也离开了一切现实之繁杂的事物,而走到我自己里面的存在中来;因为只有这样我才能获得了我面对我自身时之最真实而根源的经验与生活。

于是有人问我说:

你到底是为什么会如此的?

我说:

这我也不知道,也许是因为我一向对于一切现实事物很隔膜的缘故吧!其实这也并不是说,我根本就没有那些现实生活中之欲望与要求的;相反,那只是说,每逢碰到了我自身要抉择我自身的时候,我都是轻轻地把它们从我的手边放过去罢了,因为我不能不为我自已向生命的极致去追求的心灵,去做一个更深远的打算呀!或者有时我也会这样想着,也许人只有在独自面对自己时,才是真正在活着的吧!孤独,它往往就是人追求并活着的一种必然过程。

其实人又那里会是没有任何困苦而活着的呢?

老年人的孤病,壮年人的犹疑与无可奈何,青年人的冲激与矛盾,只有少年时比较好,或是童年时更好,但是它们都于转瞬间,就已消失净尽了,最后也只留给了我们一些永无休止之种子般的怀想与安慰。于是在我们必须要设法解决我们活着的问题时,我们就必然地以各种不同的方式,在行动中而抉择着我们所要做的一切了。

时间中的苦索

有的人在拼命地向外在去寻求而疯狂般地发泄,有的人软弱地在那里自我陶醉般地和人家辩解与饶舌,还有的人……人的一切行动都必是一种或隐或显之自我存在的抉择,而人的一切抉择更必在于要了解他所活着的整个问题,其间所有的不同,只是有的人没有看清楚人之活着问题的症结所在,而只在那里寻取了一些相对时空中之有限的解决或搪塞罢了。其实任何人稍微一思索都会知道的,关于人活着的问题,婚姻之不是真正的解决,一如金钱、知识,或现实世界中一切外在事务的获得,都不是真正解决一样,只是人在其中久了,也都于自闭中,再也不能面对自身地来问一问人之活着问题的真正解决了。这是人的一种惰性与习惯,同样也是人活着的一大悲剧。

人不怕他会走进错误里去,而只怕他不能看破自身并正视自身。

我看到在我四周的人们那样生活着,于是我就怎么也不敢再如此了。于是我以一种茫然不可知的力量,并在长时间的寻索与磨炼之后,我终于有了一个更近于极致的抉择与要求。

我要过最简单的生活,求最高的智慧与解决。

我——要——孤独——

它一天一夜,一天一夜……

其实我并不喜欢如此的,但是我为了要使我自己能专心于那一个深不可测之遥远的寻求,我必须如此。

有人说这是逃避。

有人说这是自我陶醉。

有人说这是不切实际。

也有人说,也许你是更对的。

可是我任凭谁的话都没听,因为人在一切无所自知的语言中争论,最多也不过引起一些无所谓的辩诘罢了。而一切真正具有自知与了解性的语言,却常能给那些追求中的灵魂以金子般的提携、警醒与安慰;因为它不但不使人盲目地外求并胡言乱语,甚至它更只叫人自求自证,并以一自自然然的力量,而使人又回到那个旷野与自我的里面交织而成的孤独中来了。

宇宙是人的真正伴侣。

于是当人已真正清明了的时刻,自那个旷野的高空中,就自然地送来了人求人得之属于真正语言的问与答。

这样一下子一切都又已好起来了,甚至它真是要好到不得了啊!于是人活在世界上的许多事情,我都已清楚地知道了。

人活着,他真不知要经过多少自身里面的患难、呼唤、

提携与警醒，才得以真正地将那扇智慧的大门给打了开来。至此，我们终于不再像往日那样乱思想、乱读书、乱满足一时的心得，或乱自以为是了。因为真正的智慧，在以一种穿透般的力量而打破了一切繁琐与纠结之后，并以一颗淳朴的心灵，真实而正面地将那个人活着的问题完整而具体地给挖掘了出来，然后才得以寻到了一个切实的方法与意义，而准备去献身到底的。

一切没有真正追求与行动的人，也只不过是一些智慧之大门外面的饶舌者罢了。

于是我打点了一下我走过的路、读过的书、曾接触过的问题、曾寻到了的路途与方法，至此我才发现如今真正能满足我的语言与书籍真是何其少啊！它们只是《四书》、《奥义书》、《佛经》、《圣经》、柏拉图的著作及少数以那种穿透的智慧与经验，所写的那些足以能唤起了人之淳朴性灵的作品。

是的，一切不是繁琐，不是分析与知识，不是辩解，也不是任何外面的寻求，相反，而只是那个使人们能获致了充分的力量，而好好地活下去之淳朴性灵的唤醒。但是我想，一切不能真正斟透了它存在意义的人，总是会过分地小看了它的吧！其实那还不是因为人为自身制造了一堆一堆之人之外面的幌子，然后再使人自身沉溺在里面,而不再认识自身的缘故吗! 知识与繁琐,它正是那个人之存在不曾到底或堕落的象征啊!人能不小心着它吗?

我不是舍弃知识,更不是灭绝知识,而只是不要我自己被知识所陷,而把自己弄到张皇失措,并自我陶醉般之狂言乱语的地步。过去我也曾为了辩解一个问题而写书的,过去我也曾找资料引语言地在那里为一些异同价值的小辨别而写文章的,可是如今我是再也不会了,因为在做过那些永远都不能使我满足之永无休止之道理上的辨别工作后,我已深深地知道,如果我永远只在些文字与概念的形式上捉弄,那我真是再愚蠢不过。如果我真正把那些问题当做问题看,同样,我也总是会发现,不是那个问题总是在我的外面。便是很可能我们根本就不曾使我们所讨论的那些问题,在我们自己的里面生过根。我反省了又反省,自诘了又自诘,也许在言词道理上我可以从那里获得一些提醒与陶醉,但是我却永远都受不了那种不可名状之人向自身寻求时,在良心上所面临的矛盾与里面空虚的痛苦。于是在我极度的决心与探讨之后,终于离开了那些靠道理提醒之小根小智的浮浅生活,而走到那个令我自身安心之真正向存在寻求的世界中来。

我在怎样活着?我要怎样活下去?

这便是我真正要面对的问题。

它不是一句话,不是文字,不是人云亦云,不是一切,而只是那个人之几经穿梭后,属于真正经验之见证的必然。

什么是淳朴?它便是穿透了繁琐的外面而回到自身之真实的里面来。

什么是性灵?它便是那个创制了人类之一切行动与知识之不偏不倚的力量。

人能不追求自身吗?人追求自身,如果不是追求到底,那他肯罢休吗?于是当他不肯在一些外面的情意或理智的作用上而放纵自身,同时他又非深掘了那个人存之里面的根源不行的话,那么自然地他就能越过了一切人性的纠结与斗争,而走到那一个廓然而开朗之淳朴的世界中来。至此我们才知道,所有那些把人活着的问题,弄到那般繁琐而不可理解的样子,那也只不过是由于他在半路上乱抓乱靠地,一时间乱了手脚般,在作一些无谓的对比、分析与辩诘罢了。但是一切彻头彻尾而到底的人,他必是单纯、实际而行动着的,却只有那些繁琐、外面而饶舌的人,才是犹疑、徬徨而无所着落的。

人,本应当走那一条单纯的自我回归之路的,同时只有一切属于外面的才是繁琐而令人眼花缭乱的。但是,向自身的回归,并不等于是对外在的否定;相反,那却只是在叫人深掘了那个人的根源，以便更真实而有效地，作用于一切而重新活起来的。所以说，人本不是一个停滞者，他透出而透进，他向外而又回归，他曾走了无数条外面的道路，他又进了无数层里面的世界，而深掘了那个纯然之根源的道路，然后他回来而又出去，他有根并圆融而运行，人本是无限创造活动的可能者啊！停滞是罪，一切只有无休止地追求与创造才是人之固有的本色。

这样，人有了无数层穿梭，人经历了无数层转折。难道至此他还不懂吗？不，我终于懂了，尤其当我深深地了悟了人不能没有宗教性之存在层次的日子里。哲学无论如何都嫌太说理化了的，在人的存在中，却只有宗教性的存在层次，才是那种真正人之有根源、有决定、有行动，并有绝对价值的世界与可能。所以说，假如我们真能离开了一切繁琐而不成熟的外面的世界，而从人之自体的还原上看一切的话，那么我们必会发现西方的真正智慧并不是科学，而是宗教；同样，中国哲学的极致也不是伦理，而是儒家思想中之德化的政治；印度的宗教亦然。这一切都向我们真实地说明了人本有一种回归了自身之存在的可能，而一切业已向自身而回归的文化，都必以其宗教性的存在层次，而显示了极致的意义与价值的。但是一切宗教性之存在层次中的根本意旨又是什么呢？那便是下面的四个字：

自救救人。

而一切真正的自救救人者,又在做着怎样根源性的工作呢?

它绝不是知识的增加,相反,他却只在设法启导了人的智慧与性灵。

但是性灵与智慧的启导又要如何做法?

那便是还出你本然之淳朴的面貌来。

但是还出你淳朴的面貌来又有何用?

它使人驾驭外在而不为其所役与所弊。

人还不从你根源之淳朴的性灵上而着手吗?那你早晚都会在那些浮游的外在里迷失而意气填胸的。

淳朴有了,人自当走一条自救而救人之宗教性的道路。在中国,这便是教育与政治。

于是在人看到了根源与道路的日子里,又通过人的经验与实际,从此我们也就找到了那个作为人之惟一活着可能的关键。它是什么?它不是别的,而是:

同情与爱。

但是什么是同情与爱?什么人才有真实的同情与爱?

那个彻底要令人自身满足自身,并从外面而回到自身里面来的人,他是自爱者。

那个真正能找到了自身而从新睁开眼睛来看永恒的

宇宙的人,他是宇宙爱者。

那个真正深掘了宇宙的底蕴而重新面对世界的人,他是人类爱者。

而一切真正的人类爱者，便必是那个自达人性的极致,同时也欲人人获致了他淳朴的性灵,以同达天宇者。

但是像这样的爱,简直不如同神话吗?

是的,人在世界上之所以能够活下去,还不一直是在寻求那一条惟一可使人超出于现实自身之外的路吗!文学与艺术在使人通过幻想,而直蹈美感与空虚的无可奈何之境。伦理与道德在使人层层上扬,而卓建一立体的存在之域。但是却只有哲学与宗教才使人兀立于现实,并居于决定之地,而将整个的人类拥抱、纯化并提携,以性灵而使整个的世界臻于无瑕之化域。这是真正的人之爱,也是真正的人的梦想。人不是追求到极致,必望不到它;人不是透悟到通彻,也必无法坚持到底;人不是纯一到无他的地步,也必无此信心;人不是锻炼到炉火纯青,也必不能为此而牺牲到底。是的,人的心灵只要稍微被现实所沾染,那么人类的一切梦想必顿时间而丧失殆尽。人,可怜的人,也伟大之人呀!一边是火坑一般之置人于死地地停滞与死亡,一边是坚忍而牺牲到底的患难之域,它要人自身去抉择、去熬炼,但是世界上总是有人业已离开了自身,而走到了那个

立体而入于决定地的世界中去的吧！他的眼睛吸取的是天上的光，他的两脚踏的是土里的根，他的整个身体恒久地在被风吹日晒而煎熬，他付出了代价而想要结果。于是当那个播种的日子业已到来的时刻里，他讲童真的话，想要揭示纯真的性灵。他做童真的微笑，想要导引天上的道路。字如金子般的重量，音是穿透的光，没有人知道他，他就活在旷野里。他遇到患难，就在自身的里面煎熬，一切活在世界上的人，不都有他各自之所能吗！所以当他一旦走到这里来，不论他将遭受怎样的命运，对他来说，都不再有回转的可能了。人，你这个真正的自择者，你真是极端的欢乐与痛苦同根而生呀，你是！

二 人类追求与到达的故事

人不知从什么时候起，一下子就滑落到他自身的外面去了，于是他就茫然不可知地被一些外面的事务牵引着，东跑西跑，东想西想，只有于突然间人又不知以一种什么力量观望着自身而不安起来。我，我到底是怎么啦？

当人只在外面时，人不知有自身。当人真正于突然间而对自己不安起来时，他差不多又已完全不再在外面了。于是就在那一刹那间，就像是有千千万万的事务突然间抽绎而转变成了一个纠结不清的网一样，它以一种浓缩的力量而默默无声地直向人之心灵的极处侵袭而来。此时，人，他将因为想及了人之命运的问题而悲戚，他将因为深触了那一层万种迷雾般之人之里面的世界而重新从事于沉思

与领悟，然后从这里再往上，他将又临到了那一个一切真正从事于灵魂寻求之心灵，所必探索而至之智慧与力量的世界。

一种物质的要求，它令人回归。

一种身体的欲望，它令人回归。

一种瞬时间的慌乱，它令人回归。

一种真切之自我的体验，它令人回归。

一切属于外面的，都只是些个别的小世界，而自体的里面却是一个广大无比的大世界。这不是一种软弱而无力之伦理的回归，相反，它却是一种真正掘到了根源与力量之光明而放射之生活与存在的开始。

人一旦真正寻到了自我时，那一切又都变得光明而透体一般的，再也无所阻碍了。

人一旦真正寻到了自我时，那他业已通过了一切过程与体验，而又能重新生活起来了。

人一旦真正寻到了自我时……

人没有真正追求过，他会有真正的发现吗？

人没有真正清楚过，他会有真正的力量吗？

人没有经历过自身上的纠结与不清，他会有真正之命运的领悟吗？

人对自身之不安中的寻求，艺术是最好的明证。

人在生活中之真正走过的路,伦理是最好的说明。

人假如果能于纷乱的世界中而建立起那种直透性之智能的世界,那便是存在可能之形上的必然。

人,初时以一颗惊奇的种子而遍历于世事之中,直到人果能以一颗于突然间而被撞击了的心灵,而对自身的存在发生了疑问时,那算是人已开始真正上路了。人,以他所经历了的一切经验与事实,也只不过是为了要激发起他向自身命运的意义与归宿而去追索罢了。

一个真正看到了命运问题的人,才能真正地意味到了一切属于现实世界之经验的意义。

而一个真正寻得了命运之归宿的人,才能真正地了悟人之向命运追索的苦心与内涵。

一个停止的生命, 便不再有能力讲求一切属于存在意义的问题,而真正生命的存在,更必在那一个过程通过后之自由与创造的必然中而显现出来。所以说,假如人从来就不会对自身的存在而发出了那个真实之经验性的问题,并极力地去寻求一彻底的解决,那么人实际上根本就被排斥在存在的世界之外, 而永远都不曾进过生活的大门。

人是问题的揭示者,也是问题的解决者。人为了要真正过一种自由而有创造的生活,那么这条路是永远都免不

了的。而问题与问题之间,或问题与解决之间的这一条道路,却必是以人之内在经验,而被验证为一直觉与跳跃性质之真实存在的。

从绝对上来说,存在可以是本然而固有的,但是若从人之存在的实际上来说,它却必成为一过程性的存在了。人可以有天生之向绝对追求之机力与领悟力,但是人却绝不可能天生是神圣的。人,走人的路,于是我们时常在知识上把它来划成数层不同的世界,而每一层世界都必有它自身的经验内容与作用的语言。假如说人果能对自己对别人,在此不同的世界中周转而无碍,那他差不多已经是真正懂得什么是生活的人了。相反,人只要固执于任一层世界之单独的存在,那他都不再是一个流通作用之通达的"人"了。

但是这个包含了无数种真实经验之过程的世界,人到底又是怎么个走法呢?

它,是这样子的:

人活,人求,人忍耐,人坚持到底,那么早晚有一天你总会将那一扇智能的大门突然间给打了开来,于是从此你只管活将下去,那一切事事物物自会迎刃而解,以至于无处不得其所的。这是一种自由人。

人活在世界上,上智的人,对于人事上的纠缠,现实世界里的苦处那是不用说了的。苦是一种苦,乐仍旧是一种苦,于是他只寻求绝对。

中下智的人,不经人提携总是看不透的;就是看着了,也总是无所自处地在那儿停滞不前的样子。惟上智者才以一种机能性之无限怀疑的追索,而向那个自我的里面非去纠缠个清楚不行。所以说,真正的人,追索自身,没有自身者,在外面追索。但是到底人为什么会有了这个追索到底的心的,这几乎是没有人可以答得上来的。于是我们只有说,人本来有个原来的面目,可是给外面的事物给挡住了,所以人要活就非得把那个根本掘出来不行!

本来是它,力量来自于它,终究回归于它,最后人仍旧再以它而重新真实地生活起来,这便是那一个人之坚忍到底之追索与寻求的故事。

但是假如有人要问,既然本来是它,为什么又变成为不是它了的?关于这个问题的回答,我们一定要从两方面谈起:

一、我们说本来是它,那根本是人经过了一伦理与领悟的过程,而后才到达并发现了它的。所以说,这本是一层超出于伦理之上的一层形上绝对世界,我们也自不能再以属于过程或现实层次的事物或概念, 反其道而再来衡量它。换句话说,我们说本来是它,本是一种人之存在上之上行的极致。如果我们反而要拿过程中的事物来衡量它的话,那它已不再是在那个本来是它之绝对世界了,那这个本来是它的“它”,还会是那个本来的“它”吗?

二、因之,一层世界有一层世界的语言与事实,假如我们非要丢开人于存在上的事实,而只去论说一些关系的话,那么事实上我们却只不过在某些形式的观念上去捉弄一些言词来颠三倒四罢了,那并不能说明我们果然已在那个真实的世界中,来谈那个世界的。所以说,假如人果然能从存在的一切事实的层次上来谈一切的话,那一切属于矛盾的问题与纠缠也就不再是存在的了。

这正好比有人要问:

人为什么要活着?

我说:

问题并不是人为什么要活着的问题,而是人已经在活着,并使人要寻找出人怎样活着才是最好的解决来的问题。

假如我们能明了这个意思,就可以知道人是如何时常在不切实际并捕风捉影地以一些问题在捉弄自己了。

好,不谈这些了,现在让我们再回到先前那一个人之坚持到底,而终必有所发现与解决的故事上去。

人活在一种茫然、纠缠而到处都会碰到纷扰的世界里,人不会感觉困惑与有问题需要解决吗?那世界上一切属于性灵与智慧的事情是再也不会和他有缘了。

相反,人生活在这里,他果然要求得人存在之更根本的意义与一切生活问题之更高度的解决吗?那么一切属于性灵与智慧的问题,都会在他身上一涌而现了。但是这样以来,人的问题是否马上就可获得解决了呢?不!有时它简直就像是昙花一现一样,马上我们就又坠入那黑暗的深渊中去了,然后是无休止的挣扎、悔恨、困苦、哭泣与茫然中的咬牙与切齿。甚至有时我们真的像被打倒了的一样,于是我们以一个勇于赴汤蹈火人的身份,而对自己颓唐地说:算了,有什么算什么好了,回到现实中去!

有的人果然这样做了,可是有的人怎么也执拗不过那个在茫然中而向极致去追求的意志,于是他不停止地挣扎,不放弃慌乱。那简直像绣花一样,使他自己要饮恨那些属于命运磨炼之困苦,并刺痛了人类心灵的经验了。但是他坚持到底,他只于茫然中而死啃到最后,果然一切永不放弃者,终于来到那个脱离开外面,而回到自身里面来的自由中来了。

但是这样人的问题果然已完全解决了吗?没有,因为人由挣扎离开了外面的现实世界,所来临到自身里面的世界,最后我们发现它不但不是一个实体的光明者,相反的,

它却是一个以孤独、空虚、焦虑与无主宰交织而成的另一种的纠结之网的世界。在这里人是会空虚到要自杀,或不自杀也等于自杀之程度的。这里是另一种不困苦的困苦,另一种不挣扎的挣扎,没有东西给你捉到,也没有东西给你依凭,它没有根,原来人里面的"空"并不是真的空呀!因为它叫人有一种说不出的苦。

像第一次的挣扎一样,有时人真的要放弃了,一切都放弃了。不!但是他会吗?那一切属于真正向极致追求的人他会吗?他只在茫然中而坚持到底,他只在无知中而从磨炼里支持到最后。再说又有谁知道到底一切什么时候会变呢?但是总算是一切坚持到底者是有福了,像第一次的挣扎,人会于突然间而脱离了外在世界束缚一样的,人果然又于第二次的挣扎中,突然又脱离了"我"之束缚的世界,于是一刹那间,人是连空虚都没有了,但是在那一个既没有了现实的外面,也没有了人之里面空虚中的世界里,人会连自己都没有想到的,在那一个真正空然的世界中,却有了一种令人说不出的生机,从里面汩汩地流将出来,它慢慢地越来越清楚,越来越光明,越来越强大,一直到它果然能通照宇宙的一切微小的事物为止,于是在这里人果然从一个新的生命而活起来了,于是我们把它叫做生活与智慧。

人的一切绝不是道理与知识说得清楚的,它来自于经验、直觉与一种跳跃而出的智慧。

这一切的意义又是什么呢?

那便是说，人只要以一颗坚持到底的心而走到底，智慧与生命自然就会出现在你的眼前的。停止是罪，同时它也是一切执误的真正来源。其实人还不时常是那样子而变换着自己的生命了吗?突然间我们觉得从前所贪欲的，今日它已不再能吞噬着我了。甚至是Sex，它不是禁欲，它不是自迫，相反，只要你果然是趋向于绝对智慧之寻求的，总有一天人总会离开一切外面的纷扰与自我的纷扰，而走进那个清清楚楚的世界中去的。同样，这一切都不是教条，不是说理，是事实与经验，同时也是智能与存在的极致。它与禁欲无关，也与一切他律无关，相反，一切却只看你要以你自己的能力，要把自己自自然然地推向怎样一个存在与智能的高处去。其实，世界上并没有人叫我们这样子做的，只是我要。

但是有时我会问我自己，到底是一种什么力量使我如此的?甚至我这样子做到底又是有了些什么意义?

人，只要是在那个茫然而挣扎的过程中，差不多对于任何事物都无法得到一全然正确之答案的。直到那么一天的到来，人像突然间给敲醒了一样的，人果然在超出于一切是与非的世界而真有所得了时，于是他终于发现了对于

这个问题的真正答案。然后我们说：

我们之所以会这样子追求、这样子经验、这样子到达，这并不是因为别的，而只是因为在人的里面，本来就会有它而根在着啊！

但是人之所以又必然地会如此茫然地跑出去又跑回来，而经验了整个的过程，实际上也无非是人要在一全然自证的情形下，去获得真正的凭借与信心，而重新真正地生活起来呀！

因为真正的活是自由与创造，它不是任何褊狭之制约物，所以人就必须如此过来，获得、到达并重新以真正的智能而生活起来。

而真正的活也并不是别的，它便是那一种自然与必然的结体物。

不过，实际上我们在这儿做了这些解释又有什么意义呢？对于已到达的人来说，它不必说；对于未到达的人来说，它已不具有任何真实的意义。所以，在某种情况之下，人，自当静默。只是有时我们会觉得，我们这样做了，然后又这样写了，或许对某些人来说，会取得一些实例之样品的价值吧！

说起来，人果然是如此的，尽管说我们会投入在一层充满了纷纭并变化多端的现实世界中，但是假如我们真正是一颗向极致而追求的灵魂,那么当我们真正从有所获得与到达,而反过来看我们所经历的一切事故时,我们突然间会觉得我们生活中的一切变化,实际上也只不过是一些外面的变化罢了,至于那个在我们心底尽处时要求与意志的根源,却好像它一直在那儿工作着,从不曾改变过丝毫。

当然当我们在变幻的现实中时,我们是什么都弄不清楚的,但是我们却茫然地坚持了过来,就好像人不挣扎到毫无遗漏之绝对解决了的地步,我们就不肯罢休的样子。再说一切属于过程当中,具有了相对性的解决,也都在我们发觉了它的矛盾性后而予以舍弃了,这样一直到我们果然到达了那一个人类心灵之通透的极处时,我们才发现人之所以会这样去做,同时又这样子去做了,正有三个最基本的解释:

一、人之所以会这样子做,那根本是因为在一切变化的背后,正有一个从来就不曾改变的力量在那儿根在着的缘故。

二、人之所要经历了一切变化,也无非是要重新回到那根本者之本源处的缘故。

三、一切变化中的过程与矛盾,并不在说明矛盾与过程的绝对性,相反,它却是由人自身向自身证明那根本者的存在罢了。

虽然我们这样解释了，实际上那还是会有许多问题存在着的。但是我相信除此以外的许多问题，也无非是我们肯定了那一个根本者存在的样式后而后生的。其实人又怎么能否认人之向极致追求之在先的事实与意义呢？所以说，如果我们真能从造成了人之一切存在有意义的真实情况，来看人之存在的第一义的话，它不是存在、不是神、不是人性，也不是见性，而是人之起自于心灵深处，向自身的绝对而去无限追求之根本力量的存在。再者，假如我们不是以这样的意义来看人之存在的真义的话，那么我们不但不能真正而切实地说明一切文学、艺术、哲学、科学与宗教的产生与原因，甚至那更会在一切关于人之存在问题的讨论中，造成许多不实的欺骗。所以说，一个不会向自身追求过的人，差不多根本就谈不上来谈宗教与哲学之真实问题的。同样，一个曾经追求而不曾到达极致的人，也没有办法把人之存在的问题说得清楚而真切。这一切都是真实与经验的问题，它不是知识与语言，否则你可以在文字语言上骗得了别人，却骗不了自身。

人之一切真实的获得，都在真切地解决人活在这里的一切真实的问题，却不是被所发现者奴役。假如人果然能明了这两句话的真实含意，我想人自然就可以趋向于自由与创造的境域，而不至于自蔽蔽人了。

三　要离开的日子

天色已朦胧而昏暗，当我今日从那两排松树的出口处而走出来的时候，我满心里的意志是再也没有比这一次更坚决而肯定的了。虽然这些年来我为了我存在的意义，在那里翻来覆去地追想着，同时那个离去的力量也逐年在增强着，可是它再也没有比我今年此刻的心情更坚决而沉重的了。

我要离开这里！

天快黑了，它朦胧地整个在包拢着我了，一想到明天人就像重蹈覆辙一样地重新蹈入那些繁杂而毫无意义的世事中去而生活着时，我的心简直就像铁一样要哭出来一般的沉重。

时间中的苦索

想想看,假如人活在那种对他不再有半点好奇心与要求的事务中时,那简直不像死一样吗!

其实人什么都已考虑过了,那一切别人可以问我与我会问我自己的所有的问题:

宇宙

人与世界

人与人

存在与进程

人活着的意义与可能

服务与逃避

责任与消极

历史与民族

…………

最后我却只知道一件事:

人的整个根本内容与可能,它后来都不是靠在那些形式而具有普遍意义的命题上的,相反,人活着的惟一可能,却只在于他了解他自身后,对他自身所做的极致的抉择。人果真要拿那些形式而具有普遍意义的命题来辩驳他人吗?那恐怕只是些连他自己都不了解的一些可怜地来维护了他自身之言词的幌子罢了。

人,他群居而终日,那简直要谬误到连谎言都不是的地步了呀！

那日，我曾经抉择了孤独，可是到现在为止我才发现所谓"孤独"，它绝不属于那个单纯之个体与群体生活中的一切事物对立着的一种境域，相反的，它却必是透过了一种个体超绝之孤独的形式，而使人能够真实地深入到那个足以探索到人存本质之世界里去的。其实在我们的生活中，真正能够使人通过孤独而达到了这种可能的本质也并不是别的，它便是那种具有了十足神秘力量之无限的肃穆与宁静。为什么呢？因为真正的宁静，并不是声音的相对物，相反，它却是那种向人提供了充分之无限与自由的本质体。是的，假如人果然能生活在宁静中，或是在那里真正有了宁静而存在着的时刻，那么即刻我们便可以发觉到，在真正的宁静中正有一种不可知之神秘的力量。它在穿透了一切有形事物间之相对的阻隔，而使整体的宇宙成为那一个可向无限的远处，而扩展之明彻而穿梭的自由体。于是人活在其中，既没有任何令人挂心之相对关系间之被制约的行动，同时也没有任何会形成为相对于人体存在之形式概念的阻隔，甚至就在这里超出于一切相对的行动与思索的世界之中，人才能以一种看不见的力量，而使我们的眼睛真正能看见了，使我们的耳朵真正能听到了，同时也使我们的心灵真正有所感觉了。因为真正的眼睛在超出于

一切形象的存在，以一种穿梭的能力，而在整体宇宙间，做一个一切事物之本质与本质间、无限穿梭之自由而明彻的巡游。真正的耳朵，更在那脱离了一切声音之骚扰的世界中，而得闻了那个自不可知的远方，而传来之使一切本质得以存在之无形的呼唤与运动的韵律。甚至真正的心灵，更在它超出了一切形象而具体的世界之外，以一种不可名状的包容力量，而深触在那个本质与韵律齐生之生机的世界，并完成了它真正的感觉。这是一种世界，这是一种真正属于里面的世界，同时也是一种真正属于母体的世界。我是属于这里的灵魂，可是当我已能真正知道了它时，却仍使我非掉落在这个纷扰的世事间不成！我仍活在这里，我走不开，家庭、生活、民族……我走不开，今夜我一个人坐在深沉之夜的灯下，思索纠结，我饥渴之要离开的心呀，它被阻隔得都快要流出眼泪来了，夜，夜，夜，夜……

这没有人会知道的，对我来说，它并不是可轻易而寻求到了的呀！它绝不是的，它以至使我在今天才会这般向往地陷入了饥渴般的境地。

我孤独、忍耐，并设法离开了一切不必要的欲求与纠缠，长时间地在夜的走廊上行走而追索，长时间地在黄昏的山径上自我煎熬并斗争，长时间地在阳光的山头上冥想并探问，长时间地在久雨的阴暗中低诉并呼唤，长时间……但是我却在一切必然之困苦与煎熬的过程中，永远都有了一种不可捉摸之向往与安慰，不管一切如何。我知道它一定会在那里的，尽管从前我并不能看清楚它，但是我却知道我早已属于它了，否则我怎么肯这般地忍受一切并过来的？我有一个更高度的向往。

当我刚刚懂事的时候，我曾在那些突发的美感中而想到过它的。当我后来面临冲突与矛盾的时候，它更曾千百次地从我的身边如影子般地闪过。当再后来我懂得了如何从挣扎中，而开始向存在与命运而追索的时候，它差不多已经在那一个望不清楚的山林中，在那儿稳定地向我招手了。如今又当我真正能排除了一切不必要的欲求与纠葛，而开始看着我真实的自身探问着时，它才算是那般清楚地走出了莽原与森林，向我迎面而走了过来。多少年的寻索、一旦的发掘，这个使人真止能透见了世界与人存实质的财宝，它到底并不是乱放在纠结的世界中就可以保存了的，它需要真正的宁静与离开。也许我这样想并不是绝对对的，但是以我现在的能力来说，我只有做这样的要求。

因为小的宁静与孤独，只向人提供短浅之人与存在间的意义，只有大而长久的宁静与孤独，才向人提供整体之人与存在间的了悟与新生。人有两种活着的方式：一种人生活的力量来自于与人相对立之一切事物之关系间的推

挤;一种人生活的原动力却来自于那个人与整体宇宙的缝合中,自然而生起创造的生机。而我却只要第二种的存在与力量,因为第一种实际上只是些形式制约下之纠缠与被奴役罢了。于是我终于离开了一切人与人、人与物之间之搅起了一切行动饥渴的世界,同时我也离开了一切思维中之不必要的是非与利害间之观念的纠结,然后我长时地蓄聚,长时地孕育,才得以敞开了这一扇宁静的大门,而看到了那一个真正明切与力量穿梭之无限与自由的世界,但是也从这一天起,我对于精神与心灵的欲求也愈大了。我的胃口也愈来愈难以满足了,在从前我只要有一个小范围中之短时间的山林中的漫步,就足以使我的精神恢复而满足了,可是现在我却只有在那无限与自由搅和着之宁静与太空中长时间的面对,才能使我觉得有了真正活着的感觉。唉!如今在这宁静与大空之世界的面对中,而回想起了从前我所谓精神的丰实或眼睛的清楚,和这自由与无限穿梭之本质的世界比较起来,那简直是等于蒙混未开呀!人,他到底要什么时候才能永远地离开而清醒着呢?

于是我想离开,我想离开,想重新学会用我的眼睛,想真正地学会那个纯正世界里的语言,想真正地看到了线条与骨骼,想真正地触到了……假如我不能,那真是要使我好像被阻挡并压迫着,百思莫展地有些更凄楚的样子了,为什么我还不能？是我还在有所贪恋？

我仍旧在人群里面走来走去地活着，讲话、工作，更煞有介事地到处表示愉快而合群的样子，其实一切只有我自己知道的，有时我正在和人家讲着话，突然间我真恨不得打我自己两个耳光。因为此时我的心中不由得在向我自己严厉地说着：你到底在做些什么！你到底在做些什么！

尤其当我在工作之暇，赶快抽空在那个山路的小径上而散步时，我更感到了那种人不在自己所知道的存在的极致中而生活时，所必遭遇到的虚假与呕吐的感觉。甚至如今这山路的小径对我来说，也显得太狭小了，其实这也不是因为别的，而只是因为它仍旧离开了人群太近的缘故。相反，如今我却只向往那一个清澈无限之广远而丰源的大山的世界。我想它冷，那便是严穆；我想它透明，那便是纯一；我想它无限，那便是真实；我想它穿梭，那便是木质的运动。是的，如今我也曾想到了那个一粒沙中含有整体宇宙的故事，但是在另一方面，我同时也记得有一次一位小朋友跟我说：

在都市里，我很想恋爱。可是回到乡下来，那一切又都淡了起来。

人，不在于他要做些什么，相反，而更在于他要获得怎样的世界的培育。

其实我也懂得那个绝对遍在而无所不适的道理的,可是现在我能吗?将来我能吗?或者我永远都不能,因为如今我决心要离开,我不属于人群之内的世界。

日子一小时一小时地过去，它也一天一天地过去,但是它会令人很困难地活下去吗?不,它不是的,在人活着的日子里,我可以在林间散步,我可以读书,我可以工作,我可以运动,我可以思想,并在夜间获得充分的休息。这样我一个人活着,甚至也可以在人群的生活中获得了某些生活的情趣，或那些煞有介事一般的人群中的工作与言谈,所以说它并不难的，人群中的生活仍旧一天天地在活下去。可是每当我一旦又被那个终极的问题而沉重地敲击着时,顿时间这一切生活的内容与意义都化为乌有了。这样我自忖、追索,与那一种趋向于终极世界之饥渴般的期盼,我,仍只不过是在这里流浪而找不到真正的居处呀!流浪、流浪,在这充满了起始与终了的世界中,我却感到了那一种蠕动不前之生命被堵塞了般的抑郁与不安。我厌恶了,我厌恶了一切具有起始与终了的东西。如今我只盼望我一下子跳在那一个无名的大海之中,我整个地被淹没了,这样我没有我了,一切也没有一切了。于是人再重新地在那个终极的洗礼之后，以一粒纯净如珍珠般之本质的心灵,开始明亮而轻盈地穿梭在那个充满了无声与宁静的世界之中。

可是流浪几时休?如今在我真正向那个终极的世界,饥渴般地追索时,我才知道,从前我所说的孤独那只不过是在那个世界的边沿上摸索罢了。实际上,真正的孤独却必是彻头彻尾地结束了我们流浪的生活，而能够真正开始生活在那令人充满了力量与生机之太平而丰凉的宁静世界之中。在这里人不但解除了一切纠缠中的流浪，同时也解除了一切属于行动,或一切思想中的流浪。它稳定得像一根撑天的大柱,它广远得像一片浓密而细吹的大风。它不言语,也不回答,它无声地只在那儿默默地,以一种起地的吹拂而向人宣示一切真正根本而紧要的智慧与意义。

你从哪里来?

你到哪里去?

你在怎样活着?

你要活到哪里去?

终级与存在、宁静与默默、大空的丰凉、肃穆的韵起,当我一旦又听到了那种声音在我的耳边响起的时刻,我一天中一切生活的情趣与意义顿时间统统都化为乌有了。于是我也不敢言语了,不由得我便只想到了那一个人类千古而流浪的故事。流浪、流浪,这一个人群世界中之充满了起始与终了的流浪者啊！我饥渴而期盼,在作那一个终极的寻求与致意。离开，离开的日子，总不会太远了吧！

秋快深了，吹起了那一种风，我在这条无人的小路上走着，胸臆间像是给吹穿了的一个大洞一样。它喘息着那个解不开之孤寂与落寞之死路，其实我早已习惯了它的，可是在今日当我被挤着而离不开的时候，它真是不知又有多深了呀！

一天、两天、三天、四天，这样活下去，我不由得又想起了那个可怕之在人群中而适应地活下去的惨剧来。而人群中忙碌之工作的日子又已经两个礼拜了，我工作、讲话、上课、开会、疲惫与休息，差不多慢慢地离那个以无限与自由为本质之精神的冥思生活又愈来愈远了，甚至我发现我也慢慢地已经又能适应于此了。我不知道这是自然的，还是必须如此?但是无论如何这样却减少了我一种抵挡与矛盾的痛苦，可是当我一旦在自忖中，又得知我已离开了那里，同时又已活在怎样如死尸一般的工作与动作中时，那种从每一根骨骼中所升起之广大而无边际之无以自处的自疚与痛楚，真恨不得我自己就此而灭绝了才好。尤其当我发现我自己活在人群中，那一切属于人群中的欲望与要求，自然地又都在那里咬噬着我全身的细胞时，更使我懂得了那一个离开之故事的必然性。

如今我一小时两小时地在这山林的小路上走着，甚至一整天如此,这又有什么用呢？最多它只不过勉强地恢复了一点我刚才在人群中的纷扰与艰涩罢了,这离开那个我真正要懂得并且需要长时间恒久的持续,才能说清楚的世界,真不知有几远呀!这样我活着,我走着,寻求一小时的安宁,不放过一分钟之默默的自处,最多也只不过在那种以绞痛之不会忘却的提醒,而给我一些瞬时歪曲的安慰罢了,除此之外,我又能给我的生命增加些什么?我又能使我要倾向于哪里的心解开了些什么？没有,什么都没有,一切在人离开以前,都只不过是些踟蹰不前与死亡罢了,此刻它已使我更苦,更苦,更苦了。

离开的意志已坚,没有离开时的心灵尤苦。一切没有原因,一切在超出说明之外,那正像是一个沉重而决定性之必然的一击一样，它不容你犹疑，也不容你前思后想，吆！一切终于到了那个准确到毫无疑虑的日子了,在这里人也不再需要任何抉择的力量了,一切只为了寻求人的最大可能,一切只为了设法去了解那一个真正可供人获致了存在意义之大空世界的可能。语言、结构、纯一与那一个遍在的力量,它就在我的眼前了吧！我需要那高山上之长时间冥想的时刻,好不让我的肌血虚掷在那些纷纭的观念与世事之中,而只让我的骨骼与肌肉锻炼在那高山的耕耘之内,肃穆而宁静、沉息而播种,并去采食那些亘古已种植在

宇宙内之根源的果子与花，让皮肤像天的光润、眼睛像那朵孤独之花般地开放，手伸张在那山与山的两翼之间、心灵的跳动正像那个在宇宙间穿梭而巡行之本质的运动一样，两脚、头发……

你看，我又在做梦而冥想了。吆，当我离不开时之日子的饥渴！我，怎么才好？

四 对于离开的辩解

假如人只有行动多好！

文明人时常都是过度文明化了的，于是我们由于各式各样不必要的顾虑，而轻易地改变了我们行动的方向。尤其是当人的行动被阻止了的时候，人更会开始蜷缩在一个踌躇不展的暗域里，在那里茫然地以思虑而讨生活去了，这是人存中既可怜而又败坏的一种领域，但是文明人依旧是这样子活将下去。

Kafka 是这样子而写了他的小说的，Ineseo 又何尝不是以此而写了他那些充满了怀疑与漠然的剧本的！如今当我要离开而又没有离开的日子里，终日地在那里苦闷并压抑着，还不是在那儿以思虑着离开而讨生活吗？即便说我

果然可以从对于离开的思虑里,获得了它行动形式内之丰富的意识内容,但是人不在行动中,这些思虑中之分析的内容,又能对人的实际存在有何助益呢?文明人,这些虚假的幌子,就这般地在那儿以一种煞有介事的样子,蜷缩着而以拥有了一大堆分析的系统与道理,获得了他可怜而软弱之歪曲的安慰,虫子一般地存在着,既出不来又上不去,没有了行动的世界,人不是在甘心等死吗!

是的,这一切我都懂得,但是如今我仍不免以思虑与可怜的道理分析而活下去。我没有离开,我承认我该死!于是在这儿我要那么可怜地写下我对于离开之思虑的意义:

任何一个抽象而具有本质性的事物,常常需要借助于有形而具体的事物来加以表达,否则那个抽象而具有本质性的事物,顶多它也只不过是一个形式的名词罢了,除此之外,它对我们可以说是一无所用了。

因之,所谓离开,它绝不只是一个单纯的空间中的事物;相反的,它却只有在具有了抽象与本质意义之存在时间的进程上,才能呈现出了它原本而完整之意义来的。这话的意思也就是,所谓离开它所说明的绝不只是从一个空间到另一个空间中去的意思,或者这两个不同之空间的世界,所说明的也不是距离;相反的,这两个以距离而呈现之空间的意义,却在不折不扣地指示不了一个人要奔向于生命之寻求与成熟之存在的到达。所以说,它是具有了时间性的,也是具有了存在性的;它是具有了阶层性的,也是具有了成熟性的,因之它也绝不在于任何平面思考之空间世界的衡量之中。

一切只知道现世生活之痛苦与欢乐的人是不知道要离开的。一切只知道离开了现世生活而投身于极端空虚而无以自处的人是不要离开的,甚至一切只知道在知识领悟中的人也是不要离开的。相反,真正的离开却必是离开了一切知识与思考之外,并能通过一切矛盾与空虚的考验,然后有能力向存在的具体世界上扬并到达的人,才能真正地了解并获致了的。

它不属于思考,它更必是曾经真正活过,并向自身真正要求生活之实际获致的人,才肯为之的事。它绝不是可凭空想像的事,它只是那种自身肯抉择自身的人才能真切了解的存在的事物。

一切具有了本质意义的事物,同样它也必是普遍性的事物。虽然说它也时常在特殊的个体上来加以表现,但是我们却往往在超出于个体之外的世界中,才能透悟了它真实的意义。因为任一具有了特殊形象之事物的真正了解,往往并不在于它形式的形象本身;相反的,那却必须要靠了对于那种使它所以会如此呈现着的实质意义的把握,才

能使人真确地了解它。所以说,我们了解一切事物的真正意义,那一定要看它于存在上所提升或到达的层次而后定;否则,一切在不同层次中的判断与解释,都无非是些捕风捉影之事,那是丝毫都不能得其究竟的。

离开。

它虽然常表现于一个特殊的个体,但是假如我们要以其超出于一切痛苦与欢乐追逐之现实生活,而向一更高层次之人存的本质上去寻求的努力来看,我们必将发现在那个超出于一切繁杂事物之极其单纯的本质世界中的个体,他早已不再是任何现实世界中之事物与事物间的相对特殊物;相反,他却正像是由于一种不可知之神秘的力量而投身于现实中来,然后每体验于一切现实生活,却不停止于任一种存在的特殊境域之内,却以无休止的提升力量而向人存的最高极致,去寻求其根源与普遍意义之本质的可能者。

人有两种,一种是生活在这里的人,一种是到那里去的人。也许到那里去的人,将来再回到这里来而成为第三种人,但是在今天我却只知道,一切要到那里去的人,都必须抛弃属于这里的一切,然后通过透悟、节制与牺牲,而将自身造成为那一个具有了普遍意义之人类命运的试验者,才得之一颗全然无他的心灵,小心翼翼地去将人存之极致的可能与本质给挖掘出来。

对于一种人来说，这也许是一种茫然不可捉摸之特殊；但是对于另外一种人来说，这却又像是必然之律令一般地要叫人向那里奔去。同时在这个世界中，已不再有任何人向你提出任何肯定观念的可能，而要人必须自己去训练自身向大空去询问。甚至就在这个大空的世界中，不再会有任何事物能向你提供任何确切的答案，而人却必须要自己尝试着去回答去揭示。这里的一切，除了空茫别无他物，但是对于某一种人来说，它却已具有了千万斤肃穆如眼睛般的力量，要叫人抛弃一切属于这里的事物，而且向那里奔跑而去。

这不是一个谜吗?而真正的谜便是真正的必然。

其实并没有人给我说起那个世界来的。一般人讲它，也只不过是些毫无凭借之空然的名词罢了。或者有时我们会在学校的课堂上听到一些道理，那仍只不过是些不切实际之唬人的言论罢了。再有，便是我们偶尔会在我们夜读寻求时碰到了它，这时我们常会被那些书中之真正具有了经验的作者所讲的话，大为动心而向往不已，这是一种感动与启发，仍不一定就构成我们自己生活中的真实。直到什么时候等我们这样一步一步地向前走着，更当它果然已形成了我们生活中的一种必然要求时，它才于突然间变成

了我们真正生活经验中的一个可能与实际。这样,每天人以一种急切的心情而紧敲着那扇大门而生活着,它已不再是一个空然的观念了,同时它更已不再是一个可供人讲道理谈哲学的主要话题;相反,对于一个真正向这里走来的人来说,它已变成他的粮食,人不吃它就不能活呀!是的,这就是那一种非它必死的寻求与必然,它令人饥渴并流泪,甚至只有这样,他才能成为那一个世界的奔向者,他是!

我想,无论如何思虑与说理都必是一种不必要的饶舌,而饶舌相对于那个存在之广远而宁静的立体世界来说,实际上就是一种存在的堕落,更何况人在思虑与说理的时候,都必具有了一种毫无意义之自我辩解的偏执呢!说起来这真是令人厌恶的可怕,可是为什么我仍会如此呢?为什么我不能只有洞察、直觉与行动!

所以说,我向往得愈深,同样我也必陷溺得愈深。但是每当我陷溺得愈深时,我却又愈是以一种说不出的力量,而看到了我更能面对自身时的一切可怕的执著与谬误。于是很自然地我便又以一种极端矛盾而又自疚的心灵,而开始将我自己投向了一个连自身都令自身厌恶的世界之中,是再也不敢去向往那一切有关那个肃穆而宁静世界之贪求的事了。

说起来这也真是一件极端令人难堪的事啊!原来他正是他自身的反诘者啊!他自己要,可是他偏偏又反对他自己要。他自己要往那里去,可是他偏偏又阻止他往那里去。这不可自解之自身中瞬息变化之谜一般的事物,它真像是有无数层可能,无数个结的,这更像是那年我撞见了空虚时一样,它至少都有三层以上的意义。

空虚:

第一层,我们看现实之属于这里的生命是一种空虚。

第二层,而离却现实在空虚中则又是一种空虚。

第三层,一切所以是空虚,那正是因为我们要捉到一个非空虚之真正可以解决我们存在中一切问题之究极存在的。或者这又是一种空虚。

但是这样讲仍只不过是些分析、道理与形式罢了,所以说,在这儿假如我们果真不会由于情感作用而冲昏了头,以致过分地执著于对于空虚之理智的迷误上,那么实际上所谓空虚本身,仍含有了两点更实际的内容:

第一,空虚是人以感受而达到生命的最高艺术境界。

第二,空虚的存在根本是由于我们仍过分地在理智上顽固于现实世界中的缘故。

所以说,假如我们果真能透过生命的艺术世界而再次地上扬,或真正能以一看不见"现实"的心灵来看空虚的

话,那么它便势必要变成人在真实存在的境域中,所达到的那个超绝于一切,而又透悟一切之实实在在真正根源的世界了。

它到底是什么？这如今我还说不出来,不过在另一方面,现在我却正以我向于极致而追求的心,透过了多少年来一所获致之现实世界与空虚感觉中的经验,而脱离开了一切无谓之对于空虚之情感或理智的执著上,使我自己走向了一个更形实际之生命的路途上来。它是什么？它便是离开。什么是离开？离开便是空虚之实际的延长。或者我们也可以这样说,空虚是人透悟了现实世界后之实际的发现,而离开便是人又透悟了空虚后之实际的必然。所以说,我要离开这里的实际意义就是：

其一,我不要被骚扰。

其二,我要在那里找到世界。

其三,我要从那里真正地活起来。

可是,这样问题就解决了吗?假如我真的离开了,问题就解决了吗？这我还不知道,只是如今当我还没有离开,而又急切地贪求于离开的时候,我已使我自身陷入于百般难堪而又自诘的地步了。因为如今当我被离开而纠缠到极点的时候,突然间我会问我自己说：

为什么我的寻求非要借助于空间世界的改变不成!

或者我也可以回答我自己说：

因为我要在不被骚扰的情况中去找出那个更原本存在之干干净净的世界来。

可是我马上又会问我自己说：

那你到底又为什么会被骚扰！

于此我又会这样回答我自己说：

或许我是有弱点的，但是我总要先找到那个根源的世界，然后才能更好地对付其他的一切啊！

给我自己这样一辩解，我心里像是有一种重压给整个爆炸了起来一样，于是紧接着我就凶悍地对我自己说：

胡说！你以为一个在不被骚扰的情境中而获得的世界，就足以抵挡一切被骚扰的世界了吗？

突然间我就像是给惊醒了一样，于是我什么也不敢再讲下去了。因为我发现我原来在逃避我自己呀！这简直是一个可怕到极点的关键呀！

一连几天，我什么都不敢想了。我只在房间里默默地坐着，我只在走廊上在深夜无人时默默地走着，顿时发现我简直堕落到像一条狗一样！

当人自身里面的问题不会解决，而只在那里一味地向外面追求并乱讲道理时，那人简直是在捕风捉影呀！

人，可怜的人！

思虑、解释、分析、贪求、理智、外在、形式,这都是一样的东西,而人活着实际上也只不过在破除这些东西了。

有时人会自作聪明,东分析,西琢磨,把它们玩弄成一种颇有体系而层次分明的东西,其实到头来人还不只是在那个空间扁平的世界中而自欺欺人吗!那是毫无时间之立体的联动意义可言的!

如今我竟真的有一点懂了,从前我讲了一大堆,还不只是些道理!

人,可怜的人!

人的惟一可能还不是在破除平面,而以一个真正的自我而联动起来吗!可是一个真正的自我,并联动而活起来的人,他的内容很简单,它不是别的,它只是:

破除思虑!

好了,如今我果然比从前的我更清楚更明白了。虽然从前我也讲到不要思考,一要真正地感觉,不过那到底离真正的存在世界真不知有多远呀!

当人具有了某一种经验,存在了某一种问题,同时更在某一种必然中突然显现出来了,我知道我已达到了怎样的程度。

五 人类死亡与再追求的故事

人活着的整个过程，其实也只不过在与死亡作殊死战罢了。

当然，于此所谓“死亡”，指的并不是躯体的死亡。

尽管说有人惧怕死亡，甚至也有人会说：

其实你并不需要那般死心眼地，靠努力与追求而活下去，因为人早晚都是要死去的。

但是在另一方面，我们却又确凿地知道，假如我们是一个真正曾经活过的人，我们必会发现像这种躯体的死亡，根本是丝毫不足为惧的事。

所以，在这儿我们说，生命本身是和死亡作殊死战的意义，并不是说我们惧怕死亡；相反，其根本意图更是在说

明着，我们之惧怕于不曾“活”过的事实，要比我们惧怕那种浅显的死亡，实际上要强烈上千万倍都不止。

我相信一切真正活着的人，都会发现，也许有时我们真像是获得了希望与安慰一样，使我们觉得，我们再也不需要为我们活着的事实与意义而发愁了，可是当我们一旦又清醒过来，真正为我们的生命整体，来做一番反省与深凿的工作时。我们必将发现，那一切属于现实或短暂的满足与安慰，面对我们向生命的极致去追求的永恒性来说，它们简直只像是那些软弱而不值分文的事物了。于是，从此当我们又摆开了一切属于外面的事物，同时又向我们自体的里面开始去追索的时候，整个生命的意义却又是那么出人意料地，竟有那么巨大力量之空虚与孤独，如排山倒海一样地向我们逼迫而来。于是那一切离开了不值一顾的现实事物，并向人类生命之更高的居处而去追求的灵魂，当他一旦有能力面对了人类自体的命运，同时更有能力是一个真正站立在浩大宇宙中之孤灵者时，他必将又再次地发现了人类死亡的更高意义，它是什么？

那便是：

时间的落空，

生命的无所归依，

流浪而无所居处，

空虚、徬徨，

讲不出话来……

同时，这也就是那种活着比死去更坏的一种死亡。

有人说这是一种“世纪病”，可是那天当我一个人从夜路上回来的时候，突然间一阵无边无际的夜雾向我袭来，好冷啊！刹那间已变成为一个人而孤立于整体宇宙中了，同时，这也正是那冷峻而尊严的孤独啊！再往前面走，我们不知何处为家。而过去的一切，不论是欢乐也好，痛苦也好，更都已空然地再也不值得一顾。就是从此再追求下去，却又不知人活着到底能不能找得到那究极的安慰？这样人走着走着，他四顾而茫然，夜雾仍旧是夜雾，梦仍旧是梦，其实我们并不是贪心要获得什么，才能活得下去的；相反，我们活着，只是要找到一件值得我们去做的事，并值得我们活下去罢了。虽然我们也可以从许多伟人的灵魂处，懂得那些宗教与形上学的智慧与伟大处，可是此刻当人的智能未成，德性未就，甚至更面临了这种空虚与死亡般的孤独的时候，一切只是领悟了别人的智慧与世界又能怎么样？

夜雾仍旧是夜雾，梦仍旧是梦，一个人在宇宙中走着，一直在往前走着，虽然说最后人仍旧是回到屋子里去了，可是从这一天起，只要我们稍微一犹疑，甚至是稍微一软

弱，于是那种空虚如死亡一般的孤独，便挟其如生命本质一样的力量，向我们强劲地袭击而来。

人活着，为了要真正地活下去，于是便不能不打破了一切属于外在的世界，而回到自身存在的世界中来。可是人为了要体验于他自体生命的可能，便又不能不深掘了那个小我生命之绝望的深渊，并饮恨于空虚与孤独的苦果与挣扎。所以，任谁都知道，一切真正从这里经过的灵魂，他们那种深切要活下去的意愿，再也没有此刻面临于死亡之深渊的时候，来得更认真而强烈的了。

也许爱情是一种最实际的安慰与力量，但是一切属于人与人之间的小爱，如果没有宇宙般的大爱而为其容身之处的话，那么人间的爱情，最后还不是只会把人弄到局促、贪图，乃至于张皇失措的地步吗！所以那一切属于真正追求的灵魂者，其爱往往大如山海之宇宙，其安慰往往要寄足于永恒冥思之无所之乡，它既不属于地上，甚至更不属于人与人、人与物之间，于是当他一不小心而要贪求于人物之间的现实事物时，他马上便又会以一种清醒而扭转的机动力，重新返回扩大宇宙大自由与大看透的向往中去了。可是这当真又是一件做得到的事吗？不是的，当然不是的，于是那一切属于追求的灵魂者，当他软弱、犹疑而徘徊于现实与理想之间时，他却宁愿回头来饮恨于空虚与孤独的挣扎、忍耐并等待，叫一切属于死亡的消息与意念赶快过去，好叫人重获真正的自由与安慰，而无憾疚于心。

固然说，人果能以理想与追求而抉择自身，已经是难能可贵的了，可是一切属于人类追求的路途上，它却需要更实际的忍耐与等待。因为真正的忍耐，便是一颗永恒不渝之坚忍的心，而等待便使人凝聚而不任性，以至于那经得起一切考验，而不再攘去之日子的到来。

人是过程者与到达者。假如我们真正有能力以追求与领悟，而摆开了一切外在的现实事物，并必然地踏入于空虚与孤独之域，那我们也不必去讳言吧！因为假如它真正是那一个要将我们导引于在自由、大安慰，并毫无憾疚之世界的过程的必然，那么它也同样地必将我们从此导引而出，以至于生命永无死地之圆满之境。只是当这一个还不曾到来的日子里，我们要认真地等待与忍耐罢了。

我等待，我忍耐，我在我自体的里面。

我相信，早晚有一天。我也将从我自体的里面出来，而真实地遇见那一个真正的世界的。

于是有一天有人问我说：

您是学哲学的，那么除了您现在所从事的形上学的工作外，如以东方人来说，是不是也做什么力行的工作？

我说：

那您真是说有关人活着的实际事物了。以我来说，只要是人活着，同时他又必然是一个追求的灵魂的话，那么他活着的惟一可能，还不是通过一切他所遭遇到的内在或外在的经验事物，拼命地设法去获得他永恒的自由与安慰，并毫无憾疚地活在世界上吗？否则人活着便只有徒然地在世界上流浪，而毫无极处了。有人说这叫做超越、理想，甚或是大解脱，其实以我来说，这样人也只不过是因为他不愿意做一切外在事物的被束缚者，并设法去寻求属于他自身的可能，或不至于有所憾疚地活在世界上罢了。

他又说：

那您说人到底要怎样才能做到这一点呢？

我说：

那也无非是要人做到超越他自身的程度罢了。

这又是怎么个做法？

其实人活着的一切问题，也无非是因为他活在狭小的世界中，而无所自知；或是因为他活在狭小的世界中，他却要做一件大理想的事业，所必引致的矛盾与不均衡而来。

这怎么说呢？

无知使人在自身的外面，但是当人一旦能够反省而有所自知时，人却往往掉到那个自我生命之矛盾的深渊里。于此假如并不肯就此而罢休，那么他就要在那层再寻求的世界中,以其极大的磨炼精神,经历千万种不同形态之痛苦、空虚、孤独或死亡的考验,以期达到自身果然能超越自身之自由或绝对的存在。

那么,这是一件容易做得到的事吗?

不是,绝不是的!

除非说我们只把它看作是一个古老之宗教的形式问题,那我们当然可以说,这只是一个人类欲望的问题。但是在另一方面,我却相信一个真要追求自身,并有能力真正体验于自体欲望的人,他一定会知道,欲望之事,在人类生命中的实际内容与变化,又哪里是三言两语文字能理喻的事,甚至它的形态又何止一万八千。所以说,一切有关人类追求的事,假如我们不会盲目地把它规范在那些三言两语,或一语而喻断之的领域之内,那么我们必将发现,人类对于他自身超越之事,绝不是靠了一些单纯的意志、行动、灵感,甚或是领悟所可成功的;相反,它真正需要的是具有更深程度涵养的忍耐与等待,或一颗使人能真正面对人类命运存在之大同情大悲悯的心,这是宗教的最伟大处,同时这也是哲学所不及于宗教的地方。

同时也只有这样,人才能防止了一切所可能遭遇的任性与不智,而在一更大涵养的世界中,靠忍耐与等待,以寻得更高灵魂的启导,并期自体的生命有所更高程度的成就。

是的，我们承诺人是要碰到各式各样的欲望，并形成了各式各样的冲突、矛盾、不智与死亡的，甚至一切不能真正涵养自身的人，也都莽撞并任性地发泄了去。可是假如我们还能知晓于此，并好自为之，于是我们宁愿花了三年、五年，乃至十年的时间，甘心在自我之中，挣扎于一切种类的痛苦、空虚、孤独与死亡的世界，但是我们却从不放弃，从不气馁，甚至我们更能忍耐并等待之，至此我们才会知道，那一切真正有能力去面对死亡的人，实际上便是真正能透过死亡去寻求重生的人。

不知多少个夜晚、多少个白日，我们缠腻于自身痛苦里的翻搅，甚至更恨不得要希求捉到任何一个能启导并提升我们灵魂的事物，以期使我们自身所真正的超越与到达，并使我们活着怀有真正的希望、安慰，却无憾疚于心。于是，从此我们拼命地去找寻，拼命地去发现，尤其当我们真正懂得了20世纪的文化内容，并且又和一切与理想而结合的世纪相比较时，我们总会觉得活在20世纪的人，尽管他在现实生活中，显得是那般丰富而多彩多姿，但是实际上当我们一旦探讨到他生命深处之灵魂的实质时，他们却必会显得是那么的孱弱而贫乏。甚至那瘦弱而无力的生命感，简直更虚假到和死亡再也没有什么两样了。他们没有广大的宇宙感可以容身,没有深刻的生命世界可容他们去寻索,他们没有真正的希望与安慰,他们只有功利与一些生命扭曲了的欢乐;他们没有真正升扬而富魄力的人格,他们只有闷闷不乐般地怨尤与抱憾。甚至我们也早已忘却了那种生命内在的自由与无限的世界,但是我们却在那里沾沾自喜地,做些毫无意义的冷嘲热讽。

是的,我们活在这里已经太久了,甚至我们也早已厌倦于死亡与痛苦的呼喊,今后我们要寻求那果然能将生命向前推进之灵魂提升的世界,并设法到达那个深邃而内涵的生命实存的领域里去。否则,20世纪的人存所面临的命运,将比死亡更糟更坏,因为那不是别的,而是那种令人极端不能忍受之活而不会活过的难堪与无奈。

人——一切活在20世纪里的人,他真是迫切而急需啊!于是,他便毫不犹疑地寻求于那一切可让生命提升的可能去了。那是:

一切伟大文化成型时期之伟大灵魂的存在,像孔子、老子、释迦牟尼、耶稣、苏格拉底、柏拉图……

他们是那么的实际、确实、成熟、崇高,甚至更令人一读之下,便再也没有任何犹疑的余地了。可是尽管他们也会使我们万般感动,并使我们懂得了一切属于生命极致的事,却又奈何得了生命本身,往往并不是靠了有所领悟与

指引,就能确实有所到达的,相反,却需要真正属于自身的过程与完成。于是在很久的时间里,我们宁愿把那些至高律令般的语言摆在一边,而去摸索着走自己的路去了,因为我们深深地知道:

那是他,他完成了。可是当我自己不会到达,不会完成,甚至犹疑、卑下而无所适从时,一切道理只是懂了,又是何用呢?

于是我们一连串的感动与颂扬的日子之后,毫不犹疑地离开他而去了。

然后,我们为了更清楚地了解我们自身,又顺着历史的长流而下延,顺着灵魂之至高的成就而下寻,从上古到近代,然后再从近代找到现在,真的,当我们真正能够从历史文化的长流中,广泛而深刻地来了解现代的时候,我们常会以一种极其内在的行动力,对一切属于现代的灵魂,付出了莫大的同情。其中像卡夫卡、加缪、海明威等人,在他们的作品中,所透露的那种现代人被压抑的命运感,或是那种再寻求的精神,我相信所有真正深刻读懂了其中真意的人,也没有不寄以莫大感动之情的。不过在另一方面,虽然说现代文化以其大规模科学工业开发的必然,早已是一种普遍于全世界的文化,不过以一个与西方文化不同的传统的东方人来说,我们除了对现代文化寄以莫大同情与感动之外，我们还常会有另一种行动，那便是我们总是想以自身实际的追求与体验，设法穿过这一个空虚而漠然的现代走廊，寻求生命的更高境界，以期超于现代而往前走。不过这会是一件容易的事吗？

不是的，当然不是的！于是我们不得不又重新将历史打开，并开始寻求于和现代完全不同之伟大灵魂的存在中去了。它是19世纪，或者也是19世纪前之启蒙联动的时代。

其中的勇者，如伏尔泰、卢梭等。

或者也如稍后厌恶欧洲的堕落文明，而寻求于原始或宗教可能之先知般的画家，如凡·高与高更。

再如19世纪与20世纪间之真正伟大的灵魂者，托尔斯泰、史怀哲、泰戈尔等，他们那宗教或大自然宇宙的胸襟，他们那充满了希望之升扬的灵感世界，乃至于他们那向生命极致追求之不息止的信心，使一切现代的灵魂，当他于追求的过程中，而面临堕落与死亡之可能的时候，读之真不能不令人惊叹不已，并尤觉愧然万分也。

这样我们向前走着，只要他是一个真正追求的灵魂，那么他不但要在这条漫长而崎岖的路途中，勇于去面对一切可能之精神的堕落与死亡，同时他更要以一极大奋勇的精神，永不放弃任何一个可令人升扬而前趋的机会与可能。甚至更进一步，一切业已在这条漫长的路途中，奋勇而

前进的人，他也必将发现了三条奔向于人类希望与安慰之必然途径。

一切人类文化中古代的经典，是我们终极的路标与指引。

对整体人类历史文化的了解，是我们了解现代、深刻地发现自我的基础。

不拘泥于一时一地的小我世界，而勇于接受一切伟大灵魂的感动，以纯粹的美学创造精神，而达到人类追求之超越极境。

我这样活着，我也这样地追求着它二十年、三十年，二十年、三十年，就像那天我在深夜的犹疑中，所写的那一首诗一样：

二十年、三十年，
寻求生命之永恒的意志依旧，虽然——
二十年、三十年，
对于生命之矛盾的挣扎如故，虽然——
二十年、三十年，
却仍只介于生命之知与不知之间，虽然——
二十年、三十年……
二十年、三十年，
写此诗以终老乎？

当今日晨起又望到了阳光普照，

想笑而未笑，想笑而未笑，虽然——

默默——

又给它晒得暖了又暖，暖了又暖，

就摇了摇头，挺胸——

仰望啊！

那永恒之思念的引诱啊！

像抓紧了我每一段肢体的铁之钩，

它不放，我也不放，

是那宇宙结构之光的追随啊！

它凝聚了又淡然，

淡然了又凝聚；

它凝聚了又淡然，

淡然了又凝聚，

二十年、三十年，

再二十年、三十年，

再二十年，三十年……

六 再见了土地的日子

今夜，

无土地般之绝望里的深揭，

宇宙与生命在翻搅，

前途之茫，

若有不可思议的难解啊！

死亡竟还不曾来临，

绞——

有情要向安慰处而倾诉，

有情要向安慰处而倾诉，

何以解忧？何以解忧？

孤处——

今夜已是这无土地般之绝望里的深捣了啊！

它在翻搅，它在翻搅，

翻搅，翻搅，

翻搅，翻搅。

…………

今夜我是再也受不了了，恶梦中的惊醒，猛想我真的要哭了吗？只觉热泪已泉涌，我抓了一把乱发在抽泣。

苦，可是人为什么一定要这样的苦啊！

这又是一种什么样的苦啊！

其实，我根本就不怕苦的，只是这一切不能决定前之犹疑之痛，快要把人弄到鬼魂般的饥渴而飘零着的程度了。抽不完的乱发，仍只有使我于夜来而抓了一把乱发在哭泣罢了。

那天，有一个人告诉我说：

你的年龄也不小了，结婚为正常，否则老了也没有个归处。再说，那么大了，也没有点积蓄，假如生活有个什么变化，连饭都没得吃。

这些话一下子，就像把我投向了那个无底之深渊中去的一样。难道人的命运就真的只是如此吗？难道人就真的没有他更理想，或更驰骋了他的幻想的世界了吗？难道人就……

惊异、痛苦与下坠，人类竟是这样子而活在现实之中啊！面对理想与那一个引发了万道生命光芒之幻想的世界而言，那简直都已像是鬼魂般的干枯而无生息了的。可是当我自身又被那些现实之冷酷的事实而笼罩着时，不也是变得那么惊异、痛苦、下坠，而真如那个荒漠中的孤独者一样了吗？世界简直阴森得令人发指啊！我不属于这里！我不属于这里！于是我想嘶喊，我想反抗，我想……可是为什么我就不能这样说呢——

假如我连自身里面的命运都不能解决，那我还顾得了其他吗？假如整个民族面临危难时，那我还顾得了我自身的安危吗？

可是我没有这样说，没有，因为这样说别人会笑我。于是我沉默着，别人也许以为我快要和现实妥协了，其实这只有我自己知道。我自己知道，我正经历一个更深刻而紧要之自我的斗争，因为我怕我会失去了我向更彻底的理想与完善的境域而奔跑的信心与力量。

灵魂啊，你就只剩下了那一小片于孤独中之幻想的世界了呀！荒漠，你诗的孤独者啊！

其实那也只不过是因为我想要寻求人活着之更彻底。

也许很多人看来，我是不切实际的，其实那也只不过是因为我想要寻求人活着之更彻底的解决罢了。

也许在很多人看来，我只是个幻想的思考者，其实那也只不过是因为我想要在更真实的存在里，去寻求他完美的理想去罢了。

说起来，一切属于现实生活中之形式的解决，也都只不过是变换着人类是非利害与痛苦的方式罢了。相反，一切却只有在那种属于人性深极之根源世界的发掘中，我们才能在一原创灵魂的建立上，并利用了一切现实的可能，而使人活在他最良好之境域中的。

人活着，真正离开了他的理想精神，又怎么能活下去呢？即便是他还活着，那还不只是活在那窘困、犹疑、痛苦而自怨自艾的世界中吗！因为真正的理想，不属于任何形式的知识、现实的争夺、是非、利害与一切矫揉造作之言词或意气的卖弄；相反，它却只是了解自身，并具有真正内在的体会与经验，然后才以一种极其清醒的心灵，而向精神升扬的领域中去讨生活的。于是在这世界上，那一切属于真正的灵魂者，为了他理想世界之重新的到来，都必先离开了现实，而活到那荒原般的孤独中去了。因为只有在这里，他才能真正地呼吸、饮食、自由，并开始生活着而思考着、寻索着，甚至更在他独对宇宙与整体的人类，感叹、了悟并发现着时，他自会知道，人——一切真正的人，他必是只活在两种真正可能的理想当中的。它是什么？它只是：

完美与爱。

这也许只是些陈腐的名词,可是一切真正在人的根源上存在的东西,是千年万年都不会改变的;相反地,一切真正会改变的,它只不过是些一时间引人注目之浅显而形式化的东西罢了。所以说,假如我们果真能不以肤浅和形式来看这些名词,同时又不以一些情感上属于艺术性质的内容来看它,那么在它实际的意义里应该包括了三种不同人类存在之千古不移的内涵。

完美是:

人类内存人格之经验的成熟或完成。

人类和整体自然宇宙间之立体而和谐存在之生命的到达。

人类整体实际的存在,以政治或宗教所达成之真正理想世界的完成。

爱是:

人类欲完成自我之根源力量的自爱。

人类欲完成一广大宇宙人格之根源力量的宇宙之爱。

人类欲实际建立一广大人存理想之根源力量的人类之爱。

由此可知,完美是人类实际存在中的一种理想。而爱便是完成这一切理想之最根源的力量。同时不但一切真正的宗教、政治与哲学，都必在通过了一层人类实际经验的完成，而指向于人存社会的极致世界，甚至一切存在于人类心灵中之真正的爱，更必在通过自爱、宇宙之爱与人类之爱，而揭示一层人类存在之大理想的精神。至于其他一切学术或思想中的知识与结果，或可有功于一时一方，但是假如我们果真要诉诸人类存在中之大理想与大安慰之可能，却除此之外，再也无他路可寻了。

我是诗者，我是梦者，我是理想者，我想尽一切办法死命地要使我达到人类生命中之极致的成就。于是我困然，我犹疑，我矛盾，然后我又以千万种孤独的心灵、悔恨的眼泪，认命般地要向上走。可是究竟是那一条人类命运中之极其崇尚的窄路啊！它不叫人看现实，甚至更要放弃一切属于自身上的现实。它的世界属于孤独，它的路途属于经验与挣扎；相反，他却只有在读书与思想间，发现了人类历史中之伟大灵魂的存在，或是当他又能清醒着而呼吸到了高山上丰凉的大气时，他才又安慰般地向那个人类存在之极高境域的颂扬上，拥吻般地狂奔而去了。

但是没有人知道，他到底什么时候才能真正到达了那里的，于是当人稍微一思虑了时，他马上又变得犹疑、可怜、软弱、徬徨而无力起来。虽然一切真正在这条路上走着的人，谁都知道那种超出于一切小我中，一时的情意与急切，

而耐心地等待与忍耐的事了，可是就在那人的存在尚不会成熟的日子里，他就自然会贪图于社会、国家、民族，甚至是人类的可能去了。于是他想：

社会，你为什么不能离开卑下与说谎，而趋向于高尚与真实？

世界，为什么你不能离开争夺与不智，而趋向于和平与理想？

民族，为什么你不能离开偏见与浅薄，而趋向于纯然而活跃的原创精神？

人类，为什么你不能离开无知与形式，而趋向于人存根源之性灵的神殿？

殊不知一切真正的灵魂，就是要接受一切不合于理想之现实的锻炼而向上走的，甚至于他活着的本质，即在于通过他锻炼的灵魂与力量，而有助于现实的，却不是要接受供给而期有所成就的。

只是犹疑的日子来了，人仍要走他自我抉择之困苦之路。等待啊，一切真正能忍耐的人，那窥见了神殿的日子，就要在他困苦而自我斗争着的世界中，随时随地地走进并出现在他眼前了的。

困然地再往前走着，于是我慢慢地更懂得了什么是世界的意义了。世界，便是那个真正给人以土地感觉之俱在的神圣者。而土地便是慰藉与安全,它叫人温暖,叫人成长,叫人有充分的时间来从事于一切属于自体里面之灵魂的寻求与成熟。但是战乱却把人弄得偏激而形式化了,矛盾与犹疑更叫人万分的颓唐而枯槁。于是在孤独中人更将一切凝聚并重新而计量,望透了一切静谧的空间、灯光,无声中人要蹙眉深思,焦虑并激奋而凝成了那一大片一大片之空漠太空中之力量与呼唤的理想。人类啊,你上高山上去吧!离开你的彷徨,离开你的怨尤,甚至更离开一切属于由名词而塑造之争夺与功利的无知的世界,就到那个真正人存深极之起初而纯然的奥堂里去吧!让我们通过和平而看一切,让我们通过爱而看一切,让我们通过完美而看一切,让我们真正地以自由而看一切,甚至也让我们通过慰藉之亲睦之情而相处在一起,并以智慧的感召,来建立我们一切生活的根源与圣殿吧!可是这渺茫的幻想啊,如诗、如神、如梦,如我此刻痛苦之真正的理想与灵魂之强力的召唤!

每日的新闻与整个世界的错误和茫然,都一起掉在那无知的悲剧里去了,人类又在他失去了一切根源之无原则的世界中莽撞而自毁。今日啊,今日!我真正要做的事又是什么呢?我想这样做,我又想那么做;我想这样定夺,我却又在那样犹疑。你看,这一个好不成熟的我啊!三十七岁了,今夜仍只逼迫我自己在灯光下而翻出了已读了三遍之

20世纪初最伟大灵魂之一的托尔斯泰来读着罢了。

他叫人互爱。

他叫人不要用暴力。

他叫人不要说谎。

他叫人寻求良心的真实。

他叫人……

他是真正的圣徒之一,他更是人类之罕有的灵魂,我们承认当他面临了当时的现实世界时,果然有许多格格不入之处,但是他确是人类中真正给人带来安慰的至善者,甚至他灵魂之彻底完整的程度,在今天仍旧令人惊异不止。

1910年11月20日清晨6时余,托尔斯泰在阿期太波伏车站上,都快要死了,可是他却说:

> 大地上正有千百万的生灵在受苦,可是你们为何都在这里只照顾一个老翁,托尔斯泰?

读到这儿,我趴到桌子上哭了,我一次又一次地哭了,因为我觉得我终于遇到了一个人类中真正的亲人了。尤其当我在那困苦的路途中痛苦而犹疑着时……

清晨在高山上,望着天空,我静数20世纪之真正伟大的灵魂,他们只有三位:

一位是托尔斯泰。

一位是史怀哲。

一位是泰戈尔。

其他的人，他可能是20世纪的哲学家或诗人，但是却都不是人类中真正伟大的灵魂。

从我真正懂事的时候起，到现在已经是二十多年了。但是在这漫长的时日里，我真正要做的仍只不过是那个属于完美与爱伪寻求罢了。就这样它要叫我在这理想之寻求的岁月里，经历了一切种类之斗争、矛盾、懊悔、冲突、错误与不智，然后再越过了它们，而保障了我的理想于不坠之地。虽然说直到现在，我都在羡慕我在二十岁前后的时日里，那种对很多事物不能充分了解，可是对于那种倾向于理想世界之绝对把握的意志力量，却是那么的准确而不移。可是在我三十岁左右以后的日子里，我却又在经历了那般不可思议之彷徨、犹疑、空虚，并在孤独中而自我斗争着的日子。不过无论如何那一切都已经成为过去了，直到今天，经验的事实在告诉我说，人类在同一个理想的感召之路上，真不知要经历多少种不同之自我的斗争，才能使我们更清楚地认清楚了我们自己，才又毫不犹疑地来临到又一次新的痛苦的经历。而每一次新的痛苦的经历，也都必有新的发现与信心的确定。这就是那条真正趋向于伟大

灵魂之寻求之路啊！它不可能有两次的痛苦是一样的，同时它也没有两次的发现是相同的，人只要是真正具有了自知之能力的，都必将发现。当我们每一次从痛苦中，经过了伟大灵魂的提携与感召，而开始清醒起来的时候，我们不都是会觉得那个真正凝聚在我们心灵中的光源体，一次比一次地在增大着它的光圈与热度，而使我们站立在被阳光照耀到正在微笑的大地上，而在雀跃般地在庆幸着我们灵魂的新生吗?

一个真正活着的人，他的生活必定建立在那个凝聚般之内存灵魂之极处的。同时一个真正能超出一切现实而鄙俗的生活，而活在这里的人，他更必是一个极具负担力量之意志的完成者。因之他的悲愁与眼泪，也只为最高极致的理想而存在。相反，他在那个真正现实的存在之中，更必是一个精神旺盛，而又极具健康而天真气息的人。否则他的生活必只是在那种矫揉造作的情意中而泛滥，却无论如何都不可能是一个真正具有了超越与追求精神的人。因之，一切真正能在灵魂极处而讨生活的人，实际上他已是一个真正获致了生命最大力量之太阳般的存在者了。是以：

天真与刚强而同等。悲愁与眼泪更只属于灵魂之极处的寻求者。当清醒又来临了时，在阳光下人是要再努力地活下去的。

七 诗与五月以来

1

我不喜欢慌乱与追逐,于是我就活在那个诗歌的世界里了。它令人复苏而活在人之生命的根源上,其实它还不就是那个可以使人和宇宙自体,而更形接近着的世界吗?同时它也令人向往那个清醒与不做作的领域里。

那一切如诗。

所有真正懂得幻想、沉思、观望与寻求的人都必会懂得的。

慌乱令人离开自身,同时人也开始在宇宙中而被孤立起来。这是一种极端的焦虑与痛苦,我不要死亡。

我要幻想,我要诗。

它却是那个令人孤独并忍受着,而去深看人类命运的领域的,所以说真正的诗,它不是任何涉及于一切外面世界的形式与感触的语言;相反,它却只是那种出自必然性之对于人里面世界,也一如那种庞大而具有了吟咏性之对生命感叹的语言,自广大的宇宙里泉涌般而溢出一样。

2

5月里的爱情像火一样在心中燃烧着。夜晚时我在山边的那片树林中走来走去,走来走去,月亮也出来了,照看这无声的世界,怎么,我脚下踏着的那块土地的颜色,竟像给烧着一样,显得是那么枯燥般地在那儿无奈地躺着。

夜晚,爱情,这心中而洋溢着的日子啊!我走来走去,走来走去,好像怎么都没有办法的样子。

夜,月,5月,燃烧的土地,行走的人……

我等待,我忍耐,我追索了又追索!人,他到底要怎么办才好呢?广大的宇宙,强烈的感触,大世界包容着小世界,到底一切要怎么计算才好呢?

大的世界不知怎的在向我强烈的心灵中而凝聚,而我心中强烈的感触又在向大世界中的一切个别事物飞扬而去。柔和而不可知的运动,强烈而可触及的显现,我没有停止, 当我又真实地追索着那个人性中的根源时,我——还不是又在那个十七岁时激切而透明之火般的感情中了吗?它像 Sibelius《小调交响曲》的第一乐章一样,Sibelius、Sibelius、Sibelius……

我终又记起那个少年情感激切而哭泣的故事来了。

我听Sibelius,今日他仍使我想哭。

那少年天真而透明之激切之情啊! 十年、二十年、三十年……原来只要人心中有过它,就再也不会变了。

我躺在那里,仰天看天花板,音乐听了一遍又一遍,我不曾变过,我不曾变过,那年少的我想哭,那年我又想哭,今日我仍旧如此,我仍旧如此。爱使人凝聚了而在吟咏生命,最后它也只不过又使人在透过少年的童真而哭泣在艺术里罢了。它已激切而如诗,它已激切而如诗,Sibelius!

眼泪啊,眼泪!它也使人在凝神处而重新以诗的幻想而观望生命的过去、现在与未来。宇宙、爱、激切与童真的提升,哭了,它也将人净洗在那个神秘如归家般之沉思的安慰里。想着,想着,又是一个夜晚,又是一个黄昏;一个夜晚，一个黄昏……我昂首而看天……

3

谁我知也?谁我知也?民族灵魂之忧，深夜想来，眼泪已紧，眼泪已紧，动荡中年轻中国人之心魂啊！如今你要何去何从?

多少时日以来，我活在那个广大而深蕴之人类命运之寻求的大海里，可是如今我思前想后，民族灵魂之事，它仍旧是艰困重重啊！今日夜来我更已百般而无以自解，唉！眼泪已紧，眼泪已紧，中国人，中国人，如今你何去何从?

不可释呀，我怀！

谁我知也?谁我知也?民族灵魂之忧，当今夜我思前想后而眼泪已紧，当我今夜思前想后而眼泪已紧……

热泪，热泪，热泪，热泪……

4

一天一次的寂寞，黄昏时的漫步，

爱的饥渴像针，灵在阵痛，

它涌哟，涌哟！

一波连一波，一波连一波，

它涌哟，涌哟！

一直到那大海的无边无际里去了。

天空在拥抱，大海在拥抱，

岩石在拥抱，飞翔的海鸟也在拥抱，

一切在拥抱，一切在拥抱。

灵的寻求，

海天拥抱之大安慰的世界，

人，他也终于展翅而飞翔去了，

广远与笼罩是性灵之寻求的必然哟！

它像一个母亲，像一片天，

它承载眼泪与叹息，

它承载饥渴，也承载爱，

性灵的追求是广润与笼罩的必然哟！

它像一个母亲，像一片天，

它承载眼泪与叹息，

它承载饥渴也承载爱。

5

生命开花的时刻睁大了眼睛，

像一个大欢喜宇宙的拥抱者，

他跳了又跳，笑了又笑；

他跳了又跳，笑了又笑，

生命在开花——

世界跳跃的日子，色彩在泛滥，

像一个无限扩展之水晶的大球，

它破了又圆，圆了又破；

它破了又圆，圆了又破，

一直被那个欢笑生命的力量戏弄，再戏弄。

生命在开花，生命在开花，

欢笑与世界在交错，

他跳了又跳，笑了又笑；

他跳了又跳，笑了又笑，

我于黄昏之天光的细雨中而漫步时，

一直在强烈地感觉到它！

它——爱，爱，爱，爱啊！

6

夜，寂寂之夜，

我躺在地上——

两手伸出去在空间中画了一个大大的圆圈，

日子，它仍旧要这样一天天地过下去。

命运里面的世界是一个谜，

命运外面的仍旧是一个谜，

跳得出的已经跳出去了，

跳不出的仍旧跳不出去，

饮恨时的寂寂之夜，

情感与思虑在泛滥了又泛滥，

默无一语的灯光，仍旧是寂寂，

夜何处寻?夜何处寻?

我迷了，躺在地上，

仍旧伸出了两手在空中画了一个大大的圆圈，

日子，它仍旧要这样一天天地过下去，

命运的里面,命运的外面,

跳出去又跳回来,跳出去又跳回来。

夜,寂寂之夜,

寂寂,寂寂,寂寂,寂寂……

它逼着人要去工作与创造吧!

诗、哲学、艺术与写作,

命运、孤寂、死亡、扭转与扭转,

夜,寂寂之夜,寂寂之夜。

7

痛苦与欢乐都将随死亡而永逝了,

当此刻要爱,就去吧,去吧!

一切都随将了它而去吧!

走森林,夜,

望天与随风之咏音,

长哟,长哟!

那来临的日子到底还有多久?

又是走森林,一个黄昏,

走森林,一个黄昏,

宇宙的美丽仍旧使人惊异而叹息啊！

只是今日心中一片朦胧，它在褪色，

又一片朦胧，它又在褪色，

再一片朦胧，它又在褪色，

褪色，褪色，褪色，褪色……

啊！人当真又要祈求了吗?

????? ……

8

风咏的森林，孤独，

微风，伴灵魂在行走，

默息，默息，全都是爱的需求与眼睛。

它一千里一万里地张开去了，

一深炯的默涵——

再走，再走，

仍旧是微风与吟咏之音，

深刻不可及，夜到无书里，

夜，夜，夜，夜，

风咏的森林啊，孤独！

全都是爱的需求与眼睛啊！

全都是爱的需求与眼睛啊！

9

燃烧的空气在侵袭，大孤寂的日子，

它蚕食了我脊椎骨四周的细胞，人在意想——

那波涛般的心灵啊！

如哭泣般一直倾注到那人类命运的大海里去了，

如哭泣般一直倾注到那人类命运的大海里去了。

倾注，再倾注，

人在受苦，一切人在受苦，

孤寂、疯狂，默然而无语，

又在凝神而注目，是那一个幻想之世界的导引吧！

神殿啊！那大拯救的日子何时到来？

那大拯救的日子何等到来？

一如那肃穆之眼睛而向往的世界，

再凝神，再凝神，

人在意想，人在向往，

命运与安慰、拯救与力量，

大拯救,大拯救,

人在受苦,一切人在受苦,

孤寂、疯狂、默然与无语,

哟,那波涛般的心灵啊!

它如哭泣般一直倾注到那人类命运的大海里去了,

它如哭泣般一直倾注到那人类命运的大海里去了!

10

大海,困苦与焦虑,

大地,孤独与远伸,

高空,肃穆与高昂,

高山,不动与力量,

孤独、困苦、欲望、高天、山、海、焦虑、死……

超越、清醒、安宁、微笑、花、树、童心、歌……

等待,等待,等待,等待,等待,等待,等待,等待,等待,等待,等待,等待,等待,等待,等待……

八　那一个自由的晚上

我只是按照它所是的一切而活下去,没有人知道它到底是什么的。

我一向不喜欢深深地触抚着它,而把它看个清楚的;我只喜欢那么轻轻地点一点,就又跑开去了。其实我却又是看得很清楚的,甚至更可以说是清楚得了的。或者当时我更会一脑子一脑子的道理来说明着一切，来解释着一切，但是这一切却又只好像是在一切的外面，冷冷而旁触的。看起来是热切的,其实那也只不过是因为我获有着一颗热情之孩童的心,而不喜欢去做一个成人罢了。

是的,我一直都喜欢是如此的,跳一跳,点着它,捉紧它吗?没有,又在热切地谈论着它,甚至有时谈都不要谈了,于是我就开始向另一种成熟上跑去了。

我仍不喜欢面对面地把它看透了的,唉!那又是什么呢?

它是这样子的。

人,在无限地转折着。

有时,我想到达那里,却又到不了。

有时,我想要一个什么,却又要不成。

有时……

或是有时我什么都达成我在要的了,那还是一样!一切只是从一个转折到另一个转折罢了。肯定了它,否定了它,其实都是差不多的,到头来一切都是走向另一点上去,这是一个转折,但是其实这个转折就是一切、一切的一切,而转折的两头无非是两个看来最实际不过的空虚罢了。

人都是不喜欢否定的,这一如人非要达成什么目的一样,如今我却不这样了,到达与不到达在我来说根本是一样的,只不过从表面的感觉上来看,总是使人会觉得否定的力量要强些或讨厌些罢了。但是假如你又肯把你的感觉掘深来看呢?到底是什么最具有意义?它仍似乎是否定,或是肯定与否定之间。

但是它又真的是否定吗?其实这也只不过是你又在以

另一层感觉来看轻了它肯定着它罢了。

这一切统统是没有的，一切都不是的，一切只是转折，一切只是一个空虚，此外什么也没有了。

它又真的是那么单纯吗？

不是的，转折与空虚，它又并不如文字上看起来的样子。空虚它却又会在真正的自由中，而还给你真正属于你之将你成为一个人的人来。

它就是这样子的。

那天下了课，好想找朋友聊天逛街。于是想像一下就变成一个梦了。

我奔出去，却没有达到目的，生命一转，我一个人去看电影了。

一个肯定被否定了，突然间我却掉在一个一切尚未肯定着的世界之中。你说它空虚吗？也可以。但是我却感到了出其不意的自由。

自由，它就是那个没有一切肯定与否定前的一个存在物，同时它也是你不再在乎一切肯定与否定中的必然者。

一切只不过是些它的转折罢了，谁肯在乎那些肯定否定的事呢？我除掉了那一刹那事实的撞击与转折，我是不会觉得什么失望痛苦的了。于是我也就必然地掉到自由中了，其实它真是要比一千个肯定一万个否定都要好哇！

我是什么时候会这样子的?恐怕老早已讲不清了。人活着,一切都要找起始吗?傻瓜,一切已是这样子了呀!就此而走下去吧!

脱开了一个肯定,也脱开了那一个被否定的瞬间,我终于走在自由之中,这真好得不得了,这又有谁会想得到呢?空虚的自由呀!这就像人又非要去肯定与否定一样的自由啊!此刻我却宁愿享受这个突来的自由与安宁。

买好了电影票,看一看表,还有五十分钟,去吃东西去。

我的脚往这边摆一摆,然后又往那边摆一摆,世界中的一切和我是无关的,但是一切却又在那个莫名的空虚中,显露出一种说不出的光辉来。我看不到一切,一切和我无缘着,但是我却为什么会那般的自由而舒畅啊!我形容不出它来,其实那就是一切。

馆子尽我自己去选择,先逛逛再说。

巷口有一个卖油炸的东西的,我也不知道它到底好不好吃。有两个学生在那里吃着,于是我也走过去,递上一块钱,像从另一个世界出来的人,但是他却照样给了我个油炸饼。我站在马路上吃,就这样,一切就再好也没有了。

吃完了一个,看看四周还有什么可吃的馆子?

转了一转,没有,就又走回来买了个油炸饼吃,唉!对

了,去吃碗面去。

走到一家店里,上楼去,真好,楼上一个人都没有,我坐在靠窗子的一张椅子上,刚好看到电影院门口,这样也好知道什么时候进场。

这我岂不是又在思想了吗?我不是又在打算了吗?是的,也不是的,一切在我的心中只是混混茫茫的,思想吗?有的,却怎么也不是那种真正像思想的东西。

您吃什么?

有什么面?

我们没有面。

?

?

你不是写着有吗?

我们只有……

怎么办?怎么办?临时没有面了,我没看错呀!

再看看墙上的那个单子……

好,花生汤团。

一切就这样又开始了。

花生汤团、油炸饼,窗户外面的、窗户里面的,一切很好,一切是空的,一切是轻轻的自由的。

我打开我带来的一本欧洲杂志,看*Ionesco*。

如今我真的掉在空虚中了，一切和我是无关的，但是我却怎么那般的光亮、自由，并享有着一切呢！

空虚、自由，一切便是这样，它在肯定与否定之外。

它很好。

我把腿摆一摆，便清清楚楚地感觉到它在宇宙的空间中移动着的感觉。然后我把这个动作停止着，宇宙却仍旧在那充满着的空间中存在着。一切不会停止，一切不会停止，原来它们真正的行动本来就是在一切形象与声音之外的。

Ionesco，我非常欣赏它。

语言，我写成一切有条理形式的东西，怎么想，它都像是少了些什么似的，对了！它们是干枯的。

语言，把它说成杂乱的形式，其实这却是真实的，可是人却不能接受它。

其实这也没有什么，人，你看他们是在讲演着吗？那只不过是好像如此罢了。我一碰到我的感觉，我就会知道什么是人，什么是我了。那是什么？一切宇宙中的孤立体啊！

真正的人，他孤独地站立在宇宙之前。

那一些人，干什么非要使大家相关着不成！

笑话，笑话，傻瓜，一大群！

再微微一笑，欣赏*Ionesco*。

时间中的苦索

小店楼上的空间不大，有三张桌子、很多把小圆椅子。静静中它们的语言要比人的语言好得多。

一切不是我，一切有我。我是我，我早已跑出我自身之外去了，一切是大空间中之蠕动的细胞。墙上的那张红色的价目表，就是整个的现实世界，如今它已被扁平地贴在墙上，动也不动，好可怜！我笑一笑，它好窘迫，其实它又和我有什么相干呢！

对于店里的熟花生，递一块钱，拿一包；递一块钱，拿一包。世界上怎么竟有那么多自然而准确的行动啊！

它就是我在窗外所看到的那整个的世界。

还有灯光，我老是看到那一团团红色的灯光，有一大片，它朦朦胧胧地照了一大堆，我总是不记得它的来源是在哪里，只是它使我记起看电影的事来。

我的票，一不小心撕成了两半，它正给夹在欧洲杂志中。

我读了一大段*Ionesco*，它是真正有自身之感觉的。

还有一大堆的事务，但是说它又有什么用呢？我之所以要说它，也无非是想证明那一个不知不觉中的世界罢了。其实它没有一切，没有我，却又是一大堆不可知的光点在那儿蠕动、蠕动，想着好有趣。

不行了，突然间楼下电视机的声音大起来了，我看不进*Ionesco*了，但是我向我说看不进*Ionesco*只不过是一个结论罢了。因为它本来是这样子的：

突然间有什么撞击着我，我觉得我刚才看得好舒畅，于是马上在我的心里是一团糟，使我看不下*Ionesco*的，不是那电视机的音乐。最后把书包了起来，我想了一下，唉！那音乐还不错呀，音乐没有规律，现代意识的，好，这样也不错。于是不觉地我又翻开来看了一段，也不知看了些什么，那是一段结论，反正一切结论是没有什么特殊意义的，一切只在于过程。

弄来弄去又看不进去了，音乐还好，怪怪的音色，它给我感觉，身体里有什么在动着，这就是那一个比一切形式、语言与教条，都要好上千万倍之使我是我的真实感觉。

我想到这一切，其实我又根本没有想到它。我知道这一切，其实它们却根本和那一个真正是我的我完全无关的东西。好荒谬的世界，好荒谬的我，但是这一切都很好。

音乐也不知道什么时候又停止了，突然间我觉到我的汤团也凉了。不是，我只是在赶快吃着它的，是我怕它凉了，还是因为它已经凉了，还是快要凉了？好一些缠不清楚的语言！但是它的结论却是清清楚楚的，那是什么？

汤团会凉，快吃！

但是我为什么又怕它凉呢？

时间中的苦索

天气又不冷,这是什么人规定的。

世界上明明没有人会命令我的,却怎么又老是好像有人在规定着一切律令一样。这反正是弄不清的,不管它了,其实我又私下知道,对这些事情我是再清楚不过了。因为在宇宙中,一切事物,一个连着一个,一个转折一个,你要找原因吗?时间在穿梭,空间在穿梭,好傻的寻求者!

一下子,又听到了电视中传来的广告声音,声音很大,又是一种现实。梦破了,我要走下楼去了。

但是我失望了吗?没有,又好像有,这些都是事实。可是一切仍只不过是些转折罢了。一个事物向我冲来,我和它突然间接触了,于是我震动了一下子,于是我即刻就跑到另一件事物中来,震动过去了,我不再有突然,同时我也就自然地忘记了前面那一件未经冲击的事物,于是很自然地我就在另一个自然之中而活动着了。

没有什么可拖累着我的,感觉是一个个隔离的存在,不!它是自然而然的延续,只有在思想中想它时,它才是一个个隔离着的存在的,同时也正因为它是一个个隔离着的存在,所以它不给我带来烦恼。是它了,就不再是那个了。在那个中,我就不是这个,一切自然而自由,我在享有着一种瞬间而延续之存在的生命。

世界上只有思想才会拖住人的,于是它把人定在这一个点上，这样便一切是死，于是是这一个了，它就绝对不再可能是另外一个。一切在莫名的肯定中而讨生活，他忍受不了否定的撞击，好一个思想层的被奴役者！我不是，我欣赏感觉隔离的自由。但是这也是我在想着它的，是的，这也是思想，那又谁要人要有自觉的能力来呢？这我也没有办法。

下楼去了，一下子脑子里就又是一团的思想了。我在想那一个吃汤团的故事。其中在逻辑上是有着无数个纠缠的，但是一切推论却是在瞬间而完成着的。推论，它本不是时间，真正的推论根本是在瞬间一下就完成了的，人真要做一切思考中形式的推演吗？那你只不过是一个感觉之外的形式者罢了，你没有你自己。

我仍在想那个隔离之感觉的故事。

我想我假如已经知道了这样一个命题的推论：

汤团会凉，快吃！

那么假如我根据这个推论，去从事于一切行动时，我却碰到了如下的矛盾：

如果我一尝，发现汤团是热的，那么这个前提根本是无效的。

如果我一尝，发现汤团是凉的，那么根本是这个凉的事实，使我快去吃的，却不是因为那个命题。

时 间 中 的 苦 索

我，根本是根据自我的感觉而生活者，命题与推论真是会那么重要而有效吗?

我不知道，我也根本不需要管它，是的，它明明是在那里的，但是它却又像是和我根本无关的。或是，我明明知道它是和我无关的，但是它却又老是以一种有力的方式而出现在我的意识当中。这一切是什么?我明明是以我自己的感觉事实而活着的，甚至我更知道，世界上的一切推论，根本就是这些感觉之演变的必然。但是感觉又必是彼此隔离着的呀！或者它们又是延续着的，但是无论如何它们又必是各不相关的。可是推论到底又是怎么产生的呀！难道是思想把感觉连起来的？还是感觉自身为延续，还是思想根本是空的，还是感觉……

这似乎是永远都不能弄清楚的，除非我们只从片面上去看它，只从一方面去捉摸它，但是那样就不是整体了呀！

语言、思想、形式、推论、感觉、隔离、延续……这一切是怎么的?

感觉一个个地过去了，一切在我的脑子中只有概念、推论与结论，它们都像是假的，但是对于一刹那前所发生的一切，我们还能有些什么?

感觉是历史，感觉不是历史?

思想是真的，思想是假的?

人,是一个不可捉摸者。

还有那一个世界上最有趣之宇宙积累的故事。

它是这样子的。

后来我下楼去,我想洗一洗手,于是我走到水龙头前洗好了手,但是当我把手帕拿出来擦手时,突然间我呆住了:这一条手帕,就是这一条灰色而有紫色条纹的手帕,此刻它在我的面前,此刻它在我自由而感觉着的世界中,它停在那里,却是一整个世界在托着它的。它,伫立着像神;它,这一块小小的空间,不就是那一个宇宙之整体的存在吗?宇宙,它不是什么,它只不过是伫立在我面前的这一块手帕罢了。手帕,它很好,安宁而伫立,却就是那宇宙的整体呀!

这奇怪吗?我到底是为什么会这样感觉着的?

不奇怪,不奇怪,丝毫都不奇怪。

当我在自由中时,我四周的一切世界,却是那般和我无关地空虚着。当我不再及于任何一定物上了,于是我便不再是那一个我曾是的我。

于是当我已不再是我了时,我们开始看到了那一个浑然一体而存在的宇宙自体。甚至当我果能自由着而观看一切时,我们便看到了那个向任何个体物积累而去的宇宙自体内在而潜能的运动。

时间中的苦索

我果真在这个世界中了，于是突然间我看到了那块手帕，那却是一个真真实实之整体的宇宙。一切只不过是因为人要有自觉的意识罢了，于是我总是喜欢将自身落在一个个固定物上。但是问题的症结也就在这里了，假如人是在一个个体人中的，于是他便看到了一个个体物；相反，假如人是在一个感觉到了一个浑然整体而存在之宇宙中的，于是他不是他，那么个别物的面对便都必在那一个呈现了整体宇宙的观望中了。

人，这一个天下最古怪的东西。

一层层的世界，一层层的天，一层层的面对，一层层的宇宙。我不是我，所以我是宇宙。宇宙不是宇宙，所以它是一切个别物。一切个别物不是个别物，所以它是那个浑然的我。

我是那个浑然的我，所以我在那个更深在之浑然的宇宙之中。

浑然的宇旨是浑然的宇宙，所以它又是各个物了。

世界真有了一切个别物，所以我就又在面对一切个别物的我中了。

自由，它不在个别的面对中。

自由，使一切物是宇宙。

自由，它使宇宙在动，同时更使一切物在呈现它的整体。

想了一下,好像我什么都已懂得了。手帕也看完了,于是我开始眺望着。那一片浑然而具在的整体是我,但是它又好像是和我无关的空间。这样意识也好像是停在那儿的,但是它却又在做一个向一切有序而穿梭之极速的运动。你说要我用语言把它表达出来吗?那却必将是一团的糟。

好了,一切就是这样子,想也是它,不想也是它,只是我觉得,在人里面竟有那么多不可思议的事啊!

整齐有序的。

模糊不清的。

红绿有致的。

浑然而具在的。

话要一句句地讲,路要一条条地走,可是这一切却又必是在同一刹那突然间于同时而出现着的呀!哟,那又是另一个世界!

一个是语言与行动的世界,一个是梦般存在之意识的世界,这两个世界像是彼此无关的,其实它们却又必是彼此相关到纠缠不清的程度的。

一切,一切,一切,一切,于是我突然想:

进场的时间到了吧!我的票早已给我有趣而不小心地撕破,然后我把它好好地夹在我所带的那本欧洲杂志里。

检票员一定会奇怪的，她会不会不让我进去？可是刚才我吃东西，看时间，想红灯，等了好一段美好而自由的时间呀！那一个世界，这一个世界，我自己的一个世界，我自己的两个世界，还有别人的一个世界，也是别人在我来说的两个世界。我这样觉得，那样行动，它们在我梦般自由的世界中，可是他们却又要检我的票，操生杀大权。真是的。人有一种恐惧，是那一种夹缝间会被推进深渊去的恐惧，可是一切却仍旧像梦，没有那回事呀！不，人可不又是在瞪着眼放红光，要烧毁我的皮肤与心灵吗！

一下子又让它滑过去了，我又会真的站在那排长长的人群中了。

反正我有票，我很神气，没有人会挡住我的，她敢！

把票拿在手里，她也不能对我怎样，可是当我把票拿给她看时，她却又是那样漠不经心地，好容易就给我过关了。真奇怪！我终于又站在大门内了，上了台阶，人在那里活动，人在那里给人看，我看人家，我也给人家看。最后电影也开映了，我也卖给它了，我不再是我了，我终于又成了另一个我了，是哪一个我？

那一个，这一个；这一个，那一个，人一定要在一种时刻里是一个我的，可是这到底是哪一个？

反正我是自愿进来的，电影是非看不成了，甚至刚才的那一个我，还不就是为了等着要成为这一个卖给了电影的这一个我吗？

这一个我，那一个我，一个一个的我，看电影，看电影……

那简直只是一个梦啊！如今它在现实中却愈来愈远了，愈来愈模糊了。

远了，远了，远了，远了……

它不见了。

我在随着电影里的动作而活着。

好了，我终于又完完整整的是另一个我了。

于是我也就从此而发现了生命中的另一种意义。

看电影，随着一切情节走，再准确不过了，但是一走出电影院，人群，又是黑夜，又是灯光，睡着，我却又总觉得刚才看电影时是睡着的。

我们睡了，于是我们说我们醒着。

我们醒了，我们却又说我们在睡着。

这一切又是怎么的？

可是这一切却又都像是没有用的。像我今天晚上所经历的一切一样。我跑了一大段路，想了一大堆事情，做了一大堆动作，其实这一切无非是把我自己弄到疲惫不堪罢了。然后我再糊里糊涂地，把两脚死拖活拖地拖回去，把它

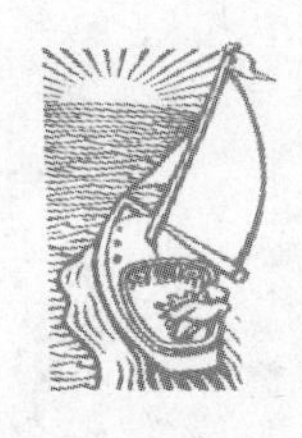

们平放下来，睡它一整夜，或是看天花板，不睡也不醒，然后再等待另一天的动作、另一天的梦、另一天的意识、另一天的电影、另一天的……

是的，我们人活着，我们说另一天，朋友，后天，将来，等一下，待一会儿，于是一切人活着的本质就都包含在里面了。

人，他在寻求真正活着的希望与安慰。

人，他醒着，其实他是在真正地睡下去了的。

人，他要睡，要醒，或是他死心塌地地睡下去，其实那都是在寻求一个真正醒着的日子的到来啊！

人，他一天天地活下去，他更在寻求彻头彻尾的孤独之中。

九 爱情之夜

我寻求生活，我更追求生命。

生活像一个杂货摊，生命却像一根刺人的针。

你要寻求生活吗？那么你先从一堆破旧的东西中找着。

你要追求生命吗？那么你先给它刺痛了再说。

假如你真的好不容易在一堆破烂中找到了一两件可供你生活的东西，那么你还不能忘记要用那一根会刺人的针把它们串联起来，否则那一两件捡来的东西也会于不知不觉中而散失了的。

我在追逐生活，它像是一个不可知者，却不是一个谜。只是当我要找它时，却总是好像不知道它到底在那里的样

子,但是它却又时常地会突然于不知不觉间激动地闯了进来。

周末是这样子开始的。

几个人聚在那儿开始谈Hemingway之诚实的斗争与虚无。而Camus差不多是一个从虚无中挣扎的重建者,Srayinsky却是把虚无做成了音乐给人家听的音乐家,尤其是那几段士兵故事中的音乐尤其如此。

Hemingway Hemingway Hemingway

Nada Nada Nada

谈了两个钟头,并没有结论,但是我们却欣赏西方人对生命寻求中的变幻、诚实与认真。

虚线是无,同时它也是一切的可能性,我们不要掉在那人云亦云之无聊的呻吟中,我们没有蹙眉,没有感到生命的无意义;相反,我们却大笑了一场,啊,艺术的大虚无主义者! 这自由的一切可能者!

我们又听了两个钟头的现代音乐,《牧神午后》, 不可捉摸的美丽。

海,好,但是我们并不最喜欢。

狂诗曲,好,怪,节奏。

Violin Sonate in Mionr这个Debussy最好,最成熟。

Schostakovich急切而带混乱性的重重的音乐。

但是最能吸引人，也最能使人听进去的，恐怕还是Strayinsky。

士兵的故事，

木偶，

火鸟，

春之祭礼，

X说：

好可怕的行动力量。

Y说：

节奏与不动情感的变幻、客观、虚无。

Z说：

并不舒服。

我说：

你们上了他的当，Stravinsky的纯粹与虚无，Picaso的怀疑与不定，看它就是，听它就是，千万可别给它抓住了。我喜欢他俩，也不喜欢，但是他们却是真正的20世纪。不定，好冷，好冷，不听绝对，不去追求，不谈生命的永恒，一切是什么就是什么，他写了，他画了，它好它坏，没什么，20世纪是热情与艺术的冷漠者，讽刺而多变，可也真好。

几点了？

快10点了，

时 间 中 的 苦 索

我们已听了讲了三个多钟头了。

但是生活找到没有？生命抓住了没有？

生活是属于自身的，生命也是属于自身的，绝不能只是听人家的，说人家的，看人家的，想人家的。

那怎么办？

要寻求那默默中纯粹属于自己的一切。它在哪里？活动中，还是在言谈中？

不知道。

只是听完了，讲完了，一切完了，一切却没有完，也不想再继续下去了，变一变吧！

好！坐了半天，就活动一下吧！再往前走，不知会走到哪里？这没有人会知道的。

X说：

去看最后一场电影。

好，大家就一块儿去了。

理智的工作完了，身体又活动起来了，我们走到那夹阴的大道上去，大声地笑一笑，顺着夜空大声地说它几句。

吆，大虚无主义者，大虚无主义者！

20世纪，哈，哈，哈……

夜的灰色非常爽明。

我们去看法国女间谍。

后来有人说：

电影好不好看？

我说：

不知道。

他说：

？

我们闹着去，看了一场的电影，然后又闹着回来，活动也够多了，笑闹也够了。

一想，从谈话到笑闹，从笑闹又到闹着回来，然后我们停了下来坐在那儿。一天的日子好像要结束了的样子，但是我到底找到生活了没有？到底找到生活了没有？我停了很久，闭着眼睛，坐在那里，最后我自己回答着说：

没有，没有，根本没有！

大家都坐住那儿，言谈又在继续着，但是谁都知道，这已经是一场无谓的谈话了，只是大家不想结束罢了。

一切都不再如谈Hemingway时一样，一切都不再如闹着看电影时一样了。那是一种行动，而在行动中，一切是真实的，但是一切而行动之回忆的言谈中，就必将充满了一种幻梦般的虚假。

于是在这深夜的冷寂中，人几乎全都在枯竭了，枯竭，生活不但找不到的找不到，丢失的也业已丢失，甚至人难道于此就无声地死去不成！好悲惨的命运！

一切好像已找到，却一切业已失去，生活与生命原是不可分的一体。生活空着，生命就干枯着；生命无息着，生活更必将掉在那可怕而令人难堪的嘲弄之中。

寻找，寻找……

宇宙像在给我开玩笑一样。

它叫一切存在着，却又使一切陷入了不可遏抑的窘迫与难堪中。

它叫一切人存有着希望，却又使一切人的希望总像要落入空虚中去而死去的样子！

这夜，这夜，这一切到底是怎么的？

这终了，这终了，怅惘的心，怅惘的灵，只用那有气无力的声音，使语言连续着以残喘生命，同时也只在这空寂的世界中投下了一两声空寂的声音，在可怜地象征着有人在存在着罢了。

夜，夜，夜，夜……

一切像要终了了。

今天的我真的找不到什么，我绝不肯睡觉！

突然间——

X说：

世界就是这样子的，现在我又要真的讲些什么了。

Y说：

什么？

X说：

是的，就是这样子，我已经想了两个星期了。我肯定了，我承诺了，我不再犹疑了，我一定要要它，我一定要靠着它的，一定，一定。

Y说：

什么？

爱情？

Y说：

什么爱情？

X说：

我想到它，我就有灵感了！唉，只要我一想到它！

我说：

从前我有两个同学，他们要好的不得了。我时常在山路的道旁，看着他们彼此等到了然后再一块儿来学校。他们不声不响地，你等我，我等你，一块儿来，一块儿去，好像他们从来也很少讲什么，他们却彼此在爱护者。唉！就是这样了，就是这样了，于是我肯定地向自己说，那就是爱情！那就是爱情！一天中，只要我能看到他们一块儿，我就能整天兴奋着而工作了。

我说：

啊！真好，真好。爱情，你是灵感的源泉，爱者，被爱者，友爱的旁观而享有者。

X说：

我不是，我不求，我只要看，只要我知道世界上有，生命就有希望了。这就是一切，这就是一切。如今只要我一想到他们，就足以抵挡我生命中一切的空虚了。

Y说：

这我清楚得很，从前我上中学时，每天坐火车，看到两个女孩子那般的要好，那般的亲切，这准是那一种天蓝色的爱情吧！我真欣赏，我真羡慕！于是有一天我跑过去，对她们说，唉！你们这样要好，我真羡慕！她们却对我冷眼相加，说我神经！当时气得我真想骂他们说，You are not human!

Real Human!Real beauty!

人家说，神经病，冲动，无聊，少年同性恋！

啊，好一堆人的语言啊！

爱情，它只不过是人类心灵中那一点原始而纯粹之真实的感觉罢了。从它而发生一切，从它而出现所有；否则，在生活中，又怎么去选择了一切的！我先爱，我做我要做的。我先爱，我说这是父母、这是朋友、这是妻子、这是儿童。一切只知分别男女的爱情者，好一堆无感觉之非纯粹者！

原来只是如此，好了，大家又都兴奋起来了，爱情、爱情，只要一想到它，人就有真正的灵感与新生了。

爱情、爱情，到底什么是爱情？

Y说：

你说，爱情是什么感觉？

我想了半天说：

爱情就是将生命提升到不能呼吸的程度。

X说：

是的，是的，但那又是什么？

我说：

那只是一种感觉罢了。

Y说：

但是人又为什么要有这种感觉？

我说：

它是一种行动，它在构成一种行动，但是它又是人之所以可以活不下去的原因。

X说：

但是它也有时会使人活不下去呀！

我说：

不是的,那只是因为你放弃了爱情而有所企图罢了。

X问我说:

你要什么?

我说:

我只要感觉。

Y说:

怎么才有真实而完整的感觉?

我说:

你必须是爱的起始者、爱者与爱的完成者。

Z说:

是的,爱本来也是好的,幻想、行动与要。

Z说:

我懂了。从前我上中学时,有一次我母亲在火车站送我,我眼看着她的眼泪就要流出来了,于是我赶快转身跳上车,把车门一开,心在急速地跳着,但是我却享有了一次真正的爱。它是新奇的,是富于幻想的,是一种行动,也是一种令人的要。

X说:

这不只是爱,这是爱之爱。

我说:

是的,爱之爱可产生一切爱,它可以是各式各样,也可以是各种形态,但是你的心中却必须先要有爱。爱可以有很多种爱同时存在,也可以只有一种,这要看你的造化。

Y说:

那天我看《忠臣藏》,当那对老夫妇开始诀别的时候,两人站得远远的,他们没说一句话,只默默地看着看着,看起来是轻轻的,但是实际上那时整个的空气都给拉得紧紧的,使人透不过气来。哪里有爱情呀!

X说:

还有巴黎战火中,当巴黎人一旦看到了祖国的坦克车开到了巴黎时,于是转瞬间整个世界上的空气像是突然间爆裂了一般,使人陷入了那幻想般的狂喜与陶醉之中。这是什么?爱情,爱情呀!

爱情,爱情,爱情使人陷入幻想,爱情使人的心灵爆炸,爱情使人行动而享有,爱情它是瞬间之灵魂的激荡,爱情它是生命的起始点。

借着爱情,整个空气都得以充实而拉紧起来了,借着爱情整个世界都得以爆跳地活动起来了,它是串联一切生活之中心站,它是生命的那一根真实而刺人的针。

男的和女的是爱情,这只是一种爱情,但是爱情也是一切生自至心与至诚的活动。爱情有无数种领域,也有无数种爆炸,它更要将生命整个地吞了下去,瞬时间被吸收

到那不能呼吸之提升的世界里去。

爱情，它根本就是我们生命中所必具的一颗炸弹。

爱情、爱情、爱情……爱情有一千个层次，一万层领域，十万个爆炸，二十万斤的紧张。它是各式各样，它是五花八门，它是父母、山水、兄弟、性爱……一切，一切只要一切是出自于纯粹而原始之心灵的。

爱情的意义确定了，生命就有着落了，生命到底是什么？

它只是不休止的冲动、幻想、好奇与寻求罢了。

寻求，不怕寻求不到的，只怕你已丢失了寻求。

寻求，寻求……

我寻求生命，我更寻求生活。

这到底是为了什么？

这不过是我要爱，我不能不爱罢了。

我要它，我要它，我要那使人活着的一切，我要那活中的一切。死，多恐怖的字眼！

我死，我什么时候会死？我随时会死。

我活，我什么时候会活？我随时会活。

我需要爱，我只要能爱。

于是我找，我寻，十年、五年、一年、一天，这一个周末，谈话、音乐、艺术、安静、活动、电影、吵闹、笑乐，一切一切都有了，一切都在了，但我仍不想休息，仍不想睡去，这不是因为别的，而只是因为我仍没有找到，我仍不知道一切是为什么。

一直到那时候起，那时候，那一刻，一刹那之爱情颂扬的时候起。

说话，说，说，说，说……

一切在意识中走，一切在意识中走，走，走，走，走……

突然间生命像开了花一样。

我欢乐着，我欢乐着，同时我更向我自己这样说：

我可以休息了，我可以休息了，今日我可以休息了，因为生命业已在开花中而成长。

我曾经寻找，但是一切总是不在外头呀！

不在言谈中，不在活动中，不在一切中，而只在于我只要能爱，爱，爱——

行动、幻想、好奇与要……

一切就是这些了，这就是一切了，我要从里面活，我要从源头上起生，不在外面，不在任何事物中，而只在我之中，只在我之内，要，要，要，这就是一切，今后我不再去寻找了，我只要那一个去寻找的寻找。

行动、幻想、好奇与要，行动、幻想、好奇与要……

这就是活，这就是生命，这就是一切。

什么是外在的现实?那便是我们之所以要的象征。

什么是我们的要?那便是我们之所以会活着的源泉。

一切属于外在的都必将开始而内归,一切属于现实的也必将在内归中而得到了无限的提升。

提升,提升……

在那纯爱之生命活动的领域中,语言开始,庸俗消失,满足起升,寻找的颓唐已不复存在,默默,默默,语言者已默默,默默者更默默。

天空开始在无声地扬荡起了那一阵诵唱的歌声,夜,夜……默默,默默,一切都开始无声了,最后我们将窗户打开来,我们带着朝阳才走进了那永恒的睡眠当中。

第二天,大家又在开始工作的时候,昨夜一个一直无声地坐在一个角落里听着的大孩子却不见了。

X说:

他回家去了。

两天后他回来了,

Y问他说:

唉,找到了没有?

他说:

对着好难开口,讲那种话真难。

Z说:

是寻找的日子了,是寻找的日子了。

又有人问他说:

找到了没有?找到了没有?

他说:

没开口,没开口。

X说:

真没出息。

Y说:

没说也好。

Z说:

这就是一切。

我默默,默默,静听,静听,宇宙无声,宇宙与幻想。爱,爱……这就是一切,爱,它出生所有。

十 门的故事

今天他又要和我好好地来聊一聊了,我们时常都是如此的。尤其是每逢在我经历了一大段的斗争,而又重新面临了那无限宁静的时刻里。

今天在山上,他又从风中问着我说:

门,你到底打开了没有?

我说:

呔!你说门吗?那我已经打开了很多很多了。

那你到底又找到了些什么呢?

其实那也只不过是属于我自身的一大堆感觉了解罢了。

到底又是些什么感觉与了解呢?

它是这样子的。对于那些过去我已经打开过的门来说，它们对我已重新化为乌有了。对于那些我将来要去打开，而未打开的门来说，如今我尚不得而知。但是对于那些现在我正要去打开，并正在打开着的门来说，我的心中却充满了无限的紧迫与惊异之情。

那你到底能不能告诉我，你又为什么非要打开这些门不成呢?

对于这个问题，又叫我怎样回答你才行呢?因为当我刚刚一开始知道世界上有些什么的时候，那第一个门老早就已经立在那儿了。

但是在有第一个门以前呢?

不是这样子的。因为当我发现了第一个门的时候，我根本就不知道到底什么是门以前的。相反，当我一旦得知了一切属于门前门后，或门四周的事物时，我却又已不在门中了。

那这一切到底又是为什么呢?

其实这还不就是那一个永远都解不开之生命之谜的故事吗?

那你就不想设法去解开它了吗?

不，我想，我想。

那你说说看。

我想它是这样子的:

在一切门存在以前,整个生命与宇宙都是一片无边的茫然与空无,可是不久,突然间那第一个门就出现在那儿了,于是我也就毫不犹疑地直奔了过去。其实这也不是因为别的,而第一个门就出现在那儿了,于是我也犹疑地直奔了过去。其实这也不是因为别的,而只是因为我真想经过那个门,实际地去看一看,到底在那门后,有什么比空无更有意义的东西存在着。可是当我一旦把它打开来之后,我才发现,在那门的后面,整个宇宙仍只不过是一片无际的空无罢了。这样你说我会就此而死心了吗?没有,完全没有,于是我很自然地,就又重新以更大的好奇与勇气,去幻想并设法去打开那可能在我的面前,所出现的另一个门去了。这样一个连一个地继续下去,直到,直到……

唉,算了!不再讲这些了,总之,风所要回答你的只是说:

在门以前的只是空无,在门以后的仍只是空无,一切只是空无,一切只是空无……

那你既已知道得那么清楚,你为什么又非要去开那些门不成呢?

这仍旧是那个不可解之生命之谜啊!

其实你要知道,谜本身并不是谜,而谜之所以会是谜,那只是因为我们能解开它,可是却又必解不开呀!谜,这才是真正的谜。

可是到底你又为什么非要解开它,而又解不开不成呢?

其实这也很简单,因为当我在空无中时,我便不再在门中。可是当我一日又在门中了时,我却又偏偏不在空无中了。空无与门,它们根本是两个从不会存在的东西,这样在人来说,又要怎样才能定夺呢?

那么空无与门到底为什么不是共在的呢?你不是正在同时知道它们,并讨论着它们吗?

这又是一个谜。

为什么?

因为思想使我们知道并判断,但是思想却不是使我们活着之最中心的本质。甚至那个更能统驭我们活着的本质,却永远在思想之外。它可以是我们活着之真正的内在感觉,甚至我们也可以把它叫做存在。它们时常出现于瞬间的纯粹之中,但是它们却不属于任何矛盾的存在。

思想给人判断,它却在存在之外,感觉与存在令人活着,却老是不许人服从于判断。

你说,这又怎么能不算是人活着的另一个谜呢?

我懂了,那你是说我们的思想与感觉,根本是两个毫不相容的东西了。

不是,不是,我们之所以要把世界分开,那也只不过是为了言语上的方便罢了。实际上,在我们的生活中,它们却时常都是互相颠倒,甚至使我们根本就分不清啊!

那么既然分不清楚,你又怎么会知道了它们个别之存在的呢?

这一切也无非是因为我已在这里罢了。

好吧! 让我们先把这个问题放一放,再来看一看那门与空无的问题吧!

也好,这样也好。因为在这个世界上,愈是和人极端接近的东西,我们便愈是弄不清楚。相反,假如我们愈是把它们拉开距离了,于是我们却愈是清楚地能把它们来说个究竟了。

那么你说你到底又是怎样知道那儿有一个门的呢?

呔!你说这个门吗?其实当我在门中时,我根本就不知道那就是一个门呀!

门而不是门,那你又以为它是一个什么呢?

我呀! 当我在门中时,我把它当做是一个世界整体的东西。甚至我也曾把它想像成千万里的辽阔,里面有高山大河。一切生命,一切宇宙,统统都在里面了。所以我说,这个被我所发现之门的世界, 实际上就是生命和宇宙的整体。

可是这个被设想为生命与宇宙整体的世界，又怎么会是一个门呢？

其实那也只不过是因为我又已从这个被设想之整体的世界中，而走出来了呀！

可是你从这个整体世界的门中走出去，又能走到哪里去呢？

你要问我这个问题吗？其实一切从门的世界中走出来的人，还不是只有到达那个广大而囊括"一切"门之世界的空无中去罢了。同时当人一旦到达了那个门的世界外面之空无中去以后，等我们再反过来看那个门的世界时，它面对空无世界之辽阔与广大而言，那简直只犹如一扇门板那么薄呀！而且它中间还是真空的，所以那个本来以为是生命与宇宙整体的世界，反而变成为一个门了。

好吧！可是这样你又是否可以告诉我，你到底又是如何从那门的世界中，而走了出来的呢？

其实这也只不过是由于我三十年生命的寻求罢了。

那这又怎么说呢？

这也没有什么，只是因为这个门的世界，在人的生命中，也并不是一件容易通过的事啊！

怎么？

好吧！现在让我来慢慢地告诉你：

其时说起来，这个门的世界，也真不容易使人把握了它真实的面貌的，现在我要把它们分成三层具有代表性之门的关键来讲给你听——

在起初的生命中，整个世界是在那种混混沌沌的境遇中而存在着的。

假如要说这层世界也是一个门，那它也只不过是一个小小的门罢了。

在这里，有门，同时也有空无，但是它们都混混沌沌的，怎么也分不清楚，于是在这里，人也开始在一种分不清楚之意识的盲从中，而活在他慌乱、冲动与困惑的世界中，一切不可解，一切又都有千万个头绪，一切是可知的，但是一切又都不完全被了解。这是第一个关键的门。

那么以后呢？

以后，人成长，世界变，日月行，智慧动，于是混沌也开始逐渐变得清楚些了，甚至我们也已有一种能力，像幻想般地梦想到那一个空无与门的故事了。同时它更在引导我们，指示我们，但是我们却仍旧活在那一个混沌的现实当中，给困苦着、扰乱着，于是像这种在茫然中想像出的门与空然，只有徒然地使我们陷于更大的矛盾与挣扎罢了。但是它却是十分有力的。

对了,如此你要说,这种生活也是一个门吗?那它该是一个较大的门,因为这里已有了更大范围与确实的挣扎和斗争。其时这也不是因为别的,而只是因为在这个门中的一切事物的小门都离得太近,矛盾抓得太切,于是使一切门与门之间的距离拉得太紧,以致使我们根本看不清楚空无,甚至也看不清楚那个门本身。尽管说,我们知道它们存在,但是我们那不会成熟的感觉或经验,却阻挡着我们,使我们根本不相信它们是真正存在在那里的!

可是在这里,你为什么又说,门中又有无数个小门呢?

这我不是给你讲过了吗?我们说有一个门,那也只不过是一个关键罢了。因为实际上,在每一个层次中,又必包含了无数个层次,甚至假如说人真要把每一个小的层次都要弄清楚,那简直是一件不可能的事。生命亦然,有时我们只能在它关键性的结构上去把握它,我想人是没有办法完全弄清楚他每一个细小动作之原因与结果的。

好吧!就算你是对的。这样我们经过了第二个关键的门,那么后来的第三个门呢?

后来,人在一切矛盾中生活,在一切矛盾中挣扎,而且在这个矛盾的世界中,人是太喜欢制造判断与结论了。虽然实际上一切是相对而矛盾的,可是人却生活在他的判断与肯定之中。

于是,责任、应当、路、指标……这样我们觉得我们果然已找到了生命与宇宙的归宿了,但是实际上,这却只不过在说明着,在我们设法把握着真正生命与宇宙自体整个存在的当儿,人为自身的方便所造的一切并非完整而绝对的意念罢了。

于是后来,突然间从某一个尖锐力量的撞击中,我们像晴天霹雳一样地给敲醒了。好一堆人造的东西啊！它根本就不属于生命与宇宙自体的本然。困惑是自造,矛盾是自造,斗争是自造,一切是自造,其实生命与宇宙是再自然不过的事啊！我们却非把它扭曲了来,纳入我们自身的满足与要求中去不成。

这一切到底又是为了什么呢?说起来,这也只不过是因为那不成熟的生命啊!

这是一个门,但是我们一旦有能力从这个门中经过之后,那生命中的一切,都会突然间变得既真实而又自然起来了。

为什么呢?

当我们铲除了一切不必要之思想上的纠结之后,人终于有能力离开了一切人为的藩篱,而懂得了人到底应该以怎样生命与宇宙之真实的一切而生活着了,其实这也不是因为别的,而只是因为人终于有能力活在他自身属于他自身的感觉中罢了。

这样,因为人可以感觉着他自身而生活了,于是他也就不会再陷入任何迷惘中了。不由得他大步一跳,喝!一切人类之迷惘外面,实际上便是那个包容一切而又穿透所有之空无啊!同时面对了这个广无边际的空无而言,那一切人类会在那里面而纠缠的繁杂世界,也只不过是一扇薄薄的门罢了,而且它的中间也是空的。

这就是那一个真正的门,是那第三个门,同时也是那个面对了空无的门。

三十年生命的艰辛啊!你们的故事、门的生命、门的智慧、门的空无,如今你讲的我都懂了。好吧,让一切真正属于自身者,也都归于自身去吧!同时让一切属于空无者,也都归向于空无。

空无,空无!

如今当我们既已能透见这一切了,那我们到底又要怎样活下去呢?

是的,其实前面我们所讲的一切仍只是过程,如今人既已真正在空无中了,那我们自会发现所谓的门,也只不过是透见了空无的可能性罢了。

而空无呢?

空无,它正是使我们看清了门的存在啊!

那它们到底哪一个才是真的?

关于这个问题，我想我应当这样来回答你? 空无,空无,其实那真正的门本身就是空无啊！空无,空无,假如一切只是空无,那我们连空无也不会知道啊！

对了,或者我也可以这样说:

空无就是门,空无与门本不可分,甚至空无本身也是一个门。我们也只有通过了空无之门,才能破除一切个别的门。但是假如我们通过了一切个别的门,那么我们也必将空无本身而加以透破。所以——

假如你说是门,那么一切是门。

假如你说是空无,那么一切是空无。

这就是一切。

?

其实说起来,空无与门只不过是我们为了解释生命与宇宙,不得不采取的两个极端的名词罢了。但是他们本身并不是真实存在的东西。

那么,到底什么才是真正存在的一切呢?

世界上真正存在着的,只应该是那个使门得知了空无与门的真实力量者。

?

在这个世界上,一切是活,一切在活。你活,我活,一切在活,死本身是一个令人不能设想的东西。同时也正因为一切在活,于是一切事物发生,一切会以各种奇妙的关系而碰到一起。一切既已碰到一起了,于是我们有意识、有经验、有知识、有一切,而我们对于生命与宇宙之解释的终极,便是空无与门。所以我们说:

空无与门,仍只是知识、观念、名词,但是它们也是我们可以用来重新衡量并起生的关键物。

我懂了,我懂了,照你这么说,生命与宇宙本只是一个自然的实体物,但是我们却只有在千辛万苦,连空无与门本身都加以透破的时候,我们才得以还原于此的。于是我们说,我们也只有在通过了空无与门之后,我们才能真实地在我们自身之中而活着的。同时人也只有真正在我们自身之中而活着了,我们才能使万物而活着。这样一切在这里了,一切已在宇宙中而活,人可以活,一切可以活,其实所谓空无与门,假如我们不以空无与门而执著它,那它就变成了一种活的象征了。

我始终想不通,既然一切只是活,那人又为什么非要制造出空无与门来不成呢?

I am child, I have wonders.

I am child, I have wonders.

好吧!就算你能解决这个问题了,但是你是否又能告

诉我,到底出现在Wonder中之第一件事又是什么呢?

那便是爱呀!

为什么?

因为爱就是活呀!

那你岂不是又重新回到原来的门中去了吗?

也是,也不是,因为假如我们说爱是一个门,那么人之执著于爱之一定的对象,则更是一个门。不过我们要知道,真正的爱,不但将使人弹性而回归,同时它更是生命之得以呈现了之创造的原动力。所以我说,爱便是真正的活,而活本身不但不休止地自由并创造,同时它更要永远都不会脱离开了生命或宇宙之实体的本然存在,而趋向于任何片面与不智。

这我还弄不清楚,不过于此你能通过空无与门,而讲一个爱的故事给我听吗?

好,我试试看——

从那天起,我活了,于是我怀着满腔的惊喜,也不知想找一个什么东西才好。

我想,那又是什么呢?好吧,就叫它做完美吧!但是它也是一个门。

没有门存在时,我总觉空空荡荡的,像少了点什么。可是当我一旦又有了它时,我们又掉在不自由般之寻求与饥渴中了。

完美是一个最没有边际的东西,它可以有千万种不同的形态,而爱便是使人去寻求完美的原动力。但是世界上,真正的爱永远都要诉诸那种形成了生命自体之智能的寻求。而真正的完美,更永远都在呈现一切真正的生命,在发现了宇宙整体意义后之生命的再造。所谓门,便是塑形的实际发现,空无便是使人通过一切门的塑形,而回归于生命与宇宙的具体关键。而这些事物的总和,便是人类趋向于真正活的意义与象征。

那么你告诉我这种繁复而令人活下去的终极又是什么样子的完美呢?

那便是无限与自由。

可是这个人类之趋向于无限与自由的生命,实际上它不就是在以爱为原动力,并通过空无与门,而在走一条周而复始的道路吗?

是的,是的,它是一条周而复始的道路。不过在它每一次更近于自我与宇宙之实体的发现时,它实际上却都必有着新的发现与层次之建立的。

那么你是说,人也是在以永远设法复归于生命与宇宙自体的基础上,在走一条层层上扬之主体结构的道路了。

是的,但是一切真正能上扬而寻求的灵魂,他在那到

达的日子里，他却又必活在那个无前无后，无左无右之无所不得其是的空无里了。

我懂了，人活着，无非是寻求与到达罢了。而就在这条寻求而到达的路上，他却要以真心而经历那么多稀奇古怪的事啊！

是的，是的！

I am child, I have wonders.

I am child, I have wonders.

其实这一切都不是因为别的，无非是因为太阳在那里，我在这里，并在这人活着的宇宙中，人就必然会有无限的爱而存在着的缘故啊！

十一 归

归——

我又是我了。

深夜、路灯、无人的街道，还有那旅途中归来的气息。

我，有两个我，这是一个我，不再在欢乐中，不再在飞跑中，不再在车上，不再在曝晒的阳光下，不再在一切旅游之自由的心灵之中……

想着、回忆着、揣摩着，无声地，一个人，好像我只有在无声的冥思中，才又还回了一个真正的我一样。却又在不时地怀想着那另一个我，是笑闹中的、跑跳中的、朗朗中的。快乐呀，那旅途中的一切！

那时好像我已经忘记了属于我的一切似的，我只在不

时地涉足在一切活动之中，世界在动，我在动，一切在动。我，不再有另一个我，我就是一刹那在活动中的一切，笑闹、自由、欢欣，怎么也不会想到一个又将在冥想着一切的另一个我。

那是一个我，这又是一个我，我永远不知道到底哪一个才是真正的我。

它们永远在变换着，永远在交替着。

四天了、两天了，不，只有三小时、一分钟，但是那就是一生呀！那一切真正使我感到了我自己之存在的一刻，与那一切又正在使我感觉着我自己存在的一刻。

如今一切是业已过去了，可是我又在另一个我中，开始默默地在追溯中而写着它了。这好像我只是在找寻那另一个我，却又像在完成着现在的这一个我，总之是我写了，却不知道到底是哪一个我。

欢乐是真实的，我不时在兴奋着，说呀，讲呀，称颂旅游，向着阳光，肚子吃得真饱，血管也涨得紧紧的，全身的细胞也在飞似的生长啊，如今我又健康了，如今我又获重生了，但是实际上这时我却又根本不会想到一切，而只在活动着、活动着。我，活着，并且正向着那旅游的阳光而活着。

却又不时地突然间我在停止着，尤其是当旅游行将结束,而我又不肯放弃欢乐的时候起,我想,唉! 这到底是为了什么?这一切,这活动中的一切,我欢乐着,我是那么容易地以一颗充满了欢愉之情感的心灵,而去发现了世界上一切使我欢笑而爽朗着的事物,而这一切到底又是为了什么? 是世界上真有那么一个可使人欢乐的东西存在着吗?还是这一切只是我自己要去制造它?我不知道,我不知道,都是,都不是,我永远都不会知道的。

是的,一切就是从这儿开始的,当我这样想着、想着,在那归途的火车上,大家都已经疲倦了,有人坐在那里已经快要睡去了,也有人无声地待在那里像要等待一个空无的结束一样。不一会儿有人让座给我坐,我说:

我不要坐,你坐,你坐。

我是高高兴兴这样讲的。

他还让我坐。我说:

好,等我站累了,你再给我坐。

因为我想,我该比任何人都要有更大忍耐疲倦的力量才好。不是,其实我也已经很累了,但是我仍不愿意忘记这两天来旅游中的快乐,我不喜欢面临结束,我不喜欢! 于是一切在我只愿意保持兴奋的心中,就会这样高高兴兴地等着他人的问话。

大家几乎都已经无声了,天也快黑了,我只听到车子

行走的声音。

我一个人依靠在那根火车中央的柱子上,想着、想着,待着、待着,我又快要是我了,因为一切在面临结束,一切在默默中行将成为过去,而一切在回忆着的人,也就快要成为他自己了。

这一个自我,是一个默默而怀想中的自我,但是欢乐仍旧离我太近。那么面临着结束,我又得会伤感了吧!

伤感,此刻在我怀想的心中,又想要它,又不想要它。

它来了,真像在讽刺我对欢乐的怀想,甚至把它再比起爽朗的欢乐来,简直有些软弱的样子。我不要想它,我不要想它。

但是如今已不再有欢乐了呀!难道我也要给疲倦拖住而走进那睡眠的无声中去不成?不,这我也不肯。

我要醒着,可是醒着就要想着呀!想着,既已不再在欢乐的活动当中,就必掉在这默默之冥想的我中呀……

这样,我到底要伤感,还是不要?我不知道!

只是我不喜欢掉在空虚之中, 要么我就爽朗地笑,要么我就默默地想,你要叫我忘却一切而睡觉呀? 这简直是不可能的事,我的情感不准我如此,我那个向生命追求之年轻的心灵更不准我如此,我仍要活动、活动,活动着、活动着,我是真的活动着,我是真的默默地想着。就是这一种存在。

但是一切就是这样子了吗？我想着想着，想了很久，思想真是再使人烦躁不过的事呀！一切就是想清楚了又怎么样呢？还是不管这一切了吧！

我站着，我默默着，和那根火车上的柱子一块儿站着，正好像它可以分担我的心情一样。但是我还是不喜欢感伤，因为默默的感伤会使我默默地想，默默地想会使我变成我，我变成我，想着、想着，这就是最使人烦躁不过的事。那怎么办？我还是不要伤感！

车子很响，夜灯不亮，人在睡，我一个人站在那里。

突然间隔壁的车厢里响起了一阵阵孩子们唱歌的声音，乍然我就像是给打醒了一样，于是我就不自觉地直奔了过去。有人问我说：

你到哪里去！

我说：

我要到那有歌声的地方去。

好了，好了，一切终于都得到解决了，一切又开始活动起来了，一切只要在活动中，我就不必陷入在那默默而烦人的思想中，也不必陷入在那我想的伤感中了。

好了，好了，一切又开始活动起来了。

它，是从歌声中而开始了的。

我跑到那一节车厢里去。

一群刚刚参加音乐比赛回来的小学生正在兴奋地歌唱着，他们太兴奋，喉咙都唱哑了，可是他们却都在陶醉着。

他们的脸红得真可爱呀！

我一跑过去，我就不再是我了。刚才一切思想着的东西，老早都不晓得跑到哪儿去了。

好了，我又是一个真真的活动者了，歌声与行动解决了一切思想中的疑难，我只要是我而又不是我，那一切都没有问题了。人为什么老是要陷在那里呢？我却爱行动、行动、行动，它解决一切，但是它却需要一颗直接而毫无遮掩的心。

我和他们一起跳、一起唱，他们笑我，我也笑他们，只要行动是一致的，人就不再分你我了。

在一开始时，我羡慕他们，我爱他们，我更需要他们，因为歌声是我的导引，无知的言行是我的信心，我，要和他们一起，要和他们一起。但是实际上他们并不体会到这些，他们更不在乎这些，而他们要的只是和他们一样的兴奋、歌唱与幸福。这就使我再舒服不过了。

节奏、兴奋、歌唱与一切，我终于和他们一样了，他们向我叫，他们拉我的衣服，他们拿我真是像一个最熟悉的朋友一样呀！如今我懂了什么是童心的微笑与那出自至诚的同情了。同情、同情，那只不过是一颗纯真之儿童之心呀！他们才会待人如此的。

如今想起来我真恨我会到大学里去教书，或面对着大学生去演说，甚至我也恨我如今又在教中学生，向着中学生讲道理。我，真正应该教的是他们，不，是和他们生活在一起。

真的，我是真正拿良心这样想的，人家一定会说我是神经病的，但是为什么儿童的话有人相信，我的话就没有人相信呢！

歌唱真好，歌唱真好，我就要这童心的欢乐。可是为什么他们就真的不会疲倦呢？

一阵轰动，一阵舞蹈，一阵歌唱，一阵节奏，一阵天真，也是一阵疯狂。尤其是我，别人一定会说我是疯狂的，但是人不借疯狂，又怎么能回到那无知而纯真的世界中去呢？人，我最不喜欢过大人的生活了，一切要想着、记着、顾虑着，这样、那样，那样、这样，为什么人就不能是赤裸裸地靠心灵中真实的感觉而生活着？我最怕限制，最怕教条，只要我是无意而真实的，为什么我不能跳，不能叫！那些每天被关着的人，他们是没有感觉，还是他们的感觉被遮掩着？不过他们那么天真一意地去接受那些被他们认为自然的限

制，也真是自由而可爱呀！他们，他们——另一种人，甚至也是一样的天真可爱，只是他们不准自己跳，于是也不准别人跳。

可是我却不行，世界上一切事物都足以使我惊奇的，他们会说：

游山玩水，还不是山，还不是水，还不都是一样！

我不行，地上的每一根草都足以使我忘记了白日的一切烦恼的。

他们说：

一天一次黄昏日落，有什么好惊叫的！

我不行，一次日落就是一次新起的生命，一次新生就足以使我欢悦整天的日子。我，每天都寻求新生。

我不能太成熟呀！我不能太成熟呀！那种成熟是死呀！我不要它！

在这世界上，只有小孩子才不计较我，所以我要和他们在一起。尤其是这时在火车上，我真的尝到了什么是真正的生命的欢乐，它比千万里的旅行都好，它比读千万本书都好，因为真正的旅游与读书都足以使人的生命在成长中，可是儿时的欢乐不是，它使人超越一切，而只在那纯纯的天地之中。

有人从我的身边经过，他问我说：

你觉得怎样？

我说：

我好快乐，我好快乐！真的！

看吧！他们的欢乐，简直永远都不会疲倦呀！

小孩永不疲倦，小孩永不疲倦！

他们真逗我爱。

他们不顾及世界上的一切事物，甚至他们也不顾及他们自身，甚至这就是那纯粹的活动与存在啊！

黄金的日子，黄金的心。

黄金，黄金……

我跳着，笑着，打拍子，唱歌。

怎么？实在我又是一个儿童的回忆者了？我又有些在思想着一切了。

刚才我还不知有我，只是在跳在笑在活动中的，怎么转瞬间我又在跳在笑，同时我又知道我在跳在笑在活动中了？镜子，镜子，活动的世界竟真的是一面镜子，靠灵感与回忆他要叫我又重温一切、重思所有，镜子、镜子，我，时时刻刻都有两个我。

一个是活动中的我，一个是我看我在活动中的我，我是回忆者，我是感觉者，我是了解者，我也是向活动的要求者，我是童心的永不失去者，我也是童心之时间的成长者。

童心、童心,它使我永远地透见纯真;时间、时间,它却使我永远地透见智慧与成长;成长、成长,在令人遗憾之时间的长流中,我终于真的成长了。在跳在笑在活动中,我终于到了那令人悔恨的疲倦与怅惘。

乍然间,我呆了一下。

不知怎的,我又变成了另一个我。

要遗憾吗? 要悔恨吗? 要感觉时间吗? 要梦见虚空吗? ……

一切是的,一切又不是的,这一切又是属于思想的东西,我承诺它是真实的,但是每次它只要一碰到更真实与纯真的一切,它便立刻会永远显得是那般的软弱而无光啊!

思想、思想,这二元的世界。世界如果没有活动,它又值得什么! 世界有了活动,谁还会再去关心它!

童真、童真,在真正的彻底的童真中,我永远都看不见晦涩与颓唐。

于是我又一次地丢开了思想,立刻便又在童真中将自身成长为一个艺术的享有者。

我是倦了,我是不跳不叫了,但是我站在一旁看他们,我站在一旁和他们在一起。

生命已在瞬音的成长中开始变幻,但是在真正促成活动之童心的世界中，人却永远都不会失落。

我不跳不叫了，不打拍子了，不唱歌了。

我成长了，我长大了，站在那儿我开始在享有他们的美丽与天真，也一如看到我自身的过去，与那一颗天地中之永恒的种子，也让我好好地洒水、好好地灌溉，那只因为我心中的一颗默默而关切的种子。

灵魂的美丽是令人惊奇的，它正像儿童欢乐中那两颊上的红色。

可是又为什么世界上最美丽的灵魂却又只属于天真而快乐的儿童？

如今在欢乐后的思想中，我又已长大，好，我要再看看他们。

我站在那里，不动了。一个站在我对面的小女孩问我说：

你怎么不打拍子了？你怎么不打拍子了？

我只微笑着摇一摇头，没说什么。因为我要好好地看一看她那细软而略带黄色的头发、亮亮的眼睛、酒窝，还有她脸上的红色。

站在我身边的一个小男孩拉着我的衣服说：

你不跳不行呀！你不跳不行呀！我们不能没有你呀！我们不能没有你呀！

我仍只微笑着摇一摇头，默默地，我在看他黑油的脸，听他那略带沙哑之洪亮的声音。

还有一个梳辫子、尖下巴的女孩，她歌唱着，有红红的面颊。

还有一个白白而大眼睛的男孩，他歌唱着，有红红的面颊。

还有一个……

好多色彩、造型与灵魂，没有一个不美，没有一个不乐，没有一个不转动起我心灵中的那一颗艺术的种子来。

转、转、转，跳、跳、跳，歌唱、歌唱、歌唱，闹、闹、闹……

还有一个躲在旁边正在哭着，声音很小，老半天我才看见她。我转过脸去看看，她的老师向她说：

好了，好了，和他们一块儿去玩，和他们一块儿去玩。

她扭一扭身躯，哭一声；扭一扭身躯，哭一声。我看着她，心里好不高兴，因为在天真与欢乐面前，哭泣真会显得百般软弱而无理呀！我没有同情她，却有些觉得她在破坏欢乐。

不一会儿，我却又告诉我身边的一个小孩说：

你看她哭了，为什么?为什么?

于是他就跑过去，我听到他小声地向她说：

你怎么哭了？你怎么哭了？

那个小女孩仍只扭一扭身躯，哭一声；扭一扭身躯，哭一声。

于是那个小男孩走回来，向着我无声地摇了摇头，我也无声地摇了摇头。那个小男孩就又参加进那个欢乐的歌唱中去了。

歌声响着，闹声响着，好像世界上从来不会有过哭泣一样，于是也没有人再去管那个哭泣的小女孩，除了那个无声地站在她身旁的老师之外。

是的，在世界上，真正纯心的运动中，本不需要做任何过分的顾及与操心的。

我仍站在那里看着，我仍站在那里看着，我在做一个艺术的享有者。

色彩、造型与灵魂，色彩、造型与灵魂……

我站在那儿老半天，才又看到了一个小孩。

他一个人站在一个角落里，半天都没出一声。

他卷卷的头发、尖尖的眼角、尖尖的嘴角，还有那一股默默而无语的样子啊！在他天真之儿童的脸上，又加上了他微带兴奋的微笑，真禁不住要使人跑过去抱他、吻他。

于是，我走了过去，站在他身旁。他抬着头看一看我，我笑一笑，他也紧紧他的嘴角笑着，默默着，无语着，随后我抚摸了他的头发，他仍直直稳稳地站在那里向我微微一

笑。

他头上那软软的头发如云,他的微笑似水,他的天真、默然、稳定……

半晌,我呆了,突然间顺着他的短发,好像有什么流进了我的心中。

瞬时间我又变了,我更像是飞进了另一个时间的世界之中。

是他的默默与稳定传染了我,还是我又于突然间成长了。这我根本就不知道。

只是我又看着那一群孩子,既不再是那么醉般地兴奋着,亦不再是那么醉般地享有着,

不是,不是,一切都不是了,转眼间,我所看到的不再是他们脸上的红色,我所听到的不再是他们纯真的歌声;相反,我却看到了他们额上的汗,与他们业已沙哑了的喉咙。我不知我到底应该做什么才好,却只在心中默默地讲着:

孩子们,你们累了、饿了,太兴奋了,汗太多了,喉咙哑了……

我的心中突然间充满了关切与爱护。

最后我清楚了,我知道了,这心情、这生命,是瞬时间的经历、是瞬时间的成长,而我却仍只用手抚摸着那一个

小男孩头上细软的头发,心中说:

孩子,你累了!孩子,你累了!

他仍只抬起头来向我稳稳地微微一笑。

他的微笑是我关切的回响,他的微笑是我关切的安慰!还有我心中的满足呀!它真要比陶醉与享有千万倍的令人心醉呀!这无声的、默默的、稳稳的关切与安慰,微笑与满足,这真是我生命中第一次尝到了的。

在关切中,艺术慢慢地远了;在满足中,歌声慢慢地轻了。

充实而稳稳的生命呀!它给了我灵魂中又一次的转变与成长。

孩子们,仍然在吵;舞蹈,仍旧在继续;我却已在默默,我却已在沉想。抚摸着那孩子头上的软发,生命开始在稳定与默默中开始在无声地延长、延长、延长、延长、延长——

我已经又快是我了,又快是另一个我了。

不知从什么时候起,突然间我觉得我的腿好重啊……于是我想,为什么不坐一下呢?

顺便找了身边的椅子,坐下去。

啊!那是一种什么样子的感觉呢?顿时间我的身体松了,四肢松了,软呀,软呀!我已掉到那休憩的王国里去了,

甚至更使我第一次尝到了什么是休息的滋味，也好像是我真的已经完成了什么，而此刻又可以把一切放下来，真真实实地为我的一生而休息一样。这是一种真正的休息，而不只是身体的松弛、精神的轻盈，甚至我整个的生命都在往那一个休憩的安慰国里去紧紧地钻呀！

可是，到底我又曾做了些什么？

什么呀？

我想：旅游，旅游，旅游中的一切，旅游中的一切，一切欢乐，一切感慨，不，绝不是的，我游，我游，我……

是的，在这里了。那给了我真正生命气息的，是在这里这一车上，这一群孩子；还有我，另一个孩子，另一个孩子……

我默，我唱，我乐，我活动，那是我无知的童年。

后来，我享有，我安详，我理解，我寻美，那是我热切之艺术的青年。

后来，我关切，我满足，我安慰，我稳实，那是我沉思而成熟的壮年。

后来，后来……我突然间老了、老了，老得不能再站在那里了，于是我开始坐了下来，啊，那整体生命之休憩的安慰呀！我终于感到了那种经历了生命而又完成了生命的充实与安慰。

老了，它可怕吗?不！它却给你真正生命的休憩与安慰。

老了，它会过去吗?不！它却在超越中早已脱离了时间而走向永恒。

老年，它到底是怎么成长了的?

童心，童心，那只是童心，童心使我的生命真正成长，而童心本身却永远超越于一切时间之外。

人，你永远不会知道什么是老的，假若你根本不曾从童心中成长起来。你以为时间过了人就老了吗?不，不，绝不是的！

童心在时间之外，老在时间之外。

童心只属于超越的世界，老更只属于超越的世界。

老，一切在时间之中者，你的生命在枯竭中根本就不会蠕动一步呀！你又怎么会老呢?

老，老，我却终于老了。坐在那里，我想着想着——

一群孩子又围拢了来，我就给他们讲了一个老人捉迷藏的故事。

我说：

从前有一个老人，他一生中什么都不曾喜欢，而只喜欢和生命捉迷藏。于是他想呀！困苦呀！奔波呀！叹息呀！他以为生命必在那时间延长之遥远之地吧！其实生命却只

在那一刹那间就完成了的。

因为生命不是真理、不是思想、不是理解、不是知识、不是一切，它只属于童心成长后之终极的感觉，它只属于一刹那间，它更在于时间之外。

他找呀，找呀！

他以为生命是由不同的时间来呈现为不同之层次的，其实生命根本就是在刹那间同时一体而具有着的，那是什么？

它是：

童心的同情。

艺术的享有。

关切的充实。

休憩的安慰。

它绝不是分离而别在的；相反，它却必是同时而共存的，有童心者必有艺术，有艺术者必有充实，能充实者必成安慰。

时间在浓缩，时间在浓缩；生命在浓缩，生命在浓缩，于是在刹那间，生命便在超出了时间与空间之外，而在人之至心的澄明中，完成了另一个永恒之光结的点。

生命，生命，它只是一个永恒的点。它在刹那间，它又是永恒；它在感觉之中，它却在时间之外。

真正的时间不是过去、现在与将来；相反，它却只属于那永恒的连续，而永恒即一切，所以时间根本就不曾动过。

老者不老，因为他一直是老。

一直老就不永远不老，他永远与童心而共存。

永恒之点，永恒之时间，它具有一切，它在时间之外。

动者未动，变者未变。

真动者在一刹那间充实，真变者在一瞬间到达。

一切生命的本质是同时而具存的，一切生命的变化更必于不知不觉间而成就形式的一切，形式的一切，我为什么要管它！我为什么要管它！

故事讲完了，大家拍手而庆幸。

生命完成了，宇宙周围而无声。

寂寂，寂寂，动中之动，无声中之无声，我，在这里！

图书在版编目(CIP)数据

时间中的苦索/史作柽著. —北京：北京大学出版社，2005.7

(诗人思想者史作柽系列)

ISBN 7-301-09025-0

Ⅰ. 时… Ⅱ. 史… Ⅲ. 随笔-作品集-中国-当代 Ⅳ. I267.1

中国版本图书馆CIP数据核字(2005)第040314号

书　　　名：时间中的苦索

著作责任者：史作柽　著

责 任 编 辑：王炜烨

封 面 设 计：耀午书装

整 体 设 计：王炜烨

标 准 书 号：ISBN 7-301-09025-0/G·1490

出 版 发 行：北京大学出版社

地　　　址：北京市海淀区成府路205号 100871

网　　　址：http://cbs.pku.edu.cn

电 子 信 箱：zpup@pup.pku.edu.cn

电　　　话：邮购部62752015　发行部62750672　编辑部62750673

排　版　者：兴盛达打字服务社　82715400

印　刷　者：三河市新世纪印务有限公司

650毫米×980毫米　16开本　15.25印张　133千字

2005年7月第1版　2006年4月第2次印刷

定　　　价：26.00元
